Hermann Sudermann

Heimat - Schauspiel in vier Akten

Hermann Sudermann

Heimat - Schauspiel in vier Akten

ISBN/EAN: 9783743644243

Hergestellt in Europa, USA, Kanada, Australien, Japan

Cover: Foto ©Andreas Hilbeck / pixelio.de

Weitere Bücher finden Sie auf **www.hansebooks.com**

Heimat.

Schauspiel in vier Akten

von

Hermann Sudermann.

Zwanzigste Auflage.

Stuttgart 1897.
Verlag der J. G. Cotta'schen Buchhandlung
Nachfolger.

Personen.

Schwartze, Oberstlieutenant a. D.

Magda,
Marie, } seine Kinder aus erster Ehe.

Auguste, geb. von Wendlowski, seine zweite Frau.

Franziska von Wendlowski, deren Schwester.

Max von Wendlowski, Lieutenant, beider Neffe.

Heffterdingt, Pfarrer zu St. Marien.

Dr. von Keller, Regierungsrat.

Professor Beckmann, pensionierter Oberlehrer.

von Klebs, Generalmajor a. D.

Frau von Klebs.

Frau Landgerichtsdirektor Ellrich.

Frau Schumann.

Therese, Dienstmädchen bei Schwartze.

Ort der Handlung: Eine Provinzialhauptstadt.

Zeit: Die Gegenwart.

Erster Akt.

(Scenerie: Wohnzimmer im Hause des Oberstlieutenant Schwartze. — Bürgerlich altmodische Ausstattung: Im Hintergrunde links eine mit weißen Gardinen verhängte Glasschiebethür, durch welche man ins Speisezimmer blickt, daneben die Korridorthür, hinter welcher die Treppe sichtbar ist, welche zum obern Stockwerk emporführt. — In der rechten abgeschrägten Ecke ein weißverhangenes Fenster, von einer Epheulaube umgeben. Links Thür zum Zimmer des Oberst- lieutenants. Stahlstiche biblischen und patriotischen Inhalts in schmalen, rostigen Goldrahmen, Photographien, militärische Gruppen darstellend, und Schmetterlingskästen an den Wänden. Rechts über dem Sofa zwischen andern Bildern das Porträt der ersten Frau Schwartze — jung, reizvoll, in der Tracht der sechziger Jahre. Hinter dem Sofa ein altmodisches Cylinderbureau, vor dem Fenster ein Tischchen mit Nähzeug und Handnähmaschine. Zwischen den Thüren des Hintergrundes eine altmodische Standuhr. In der linken Ecke eine Säule mit Makartbouquet, davor ein Tischchen mit einem kleinen Aquarium. — Links vorne ein Ecksofa mit einem Pfeifen- schränkchen dahinter, dann Ofen mit einem ausgestopften Vogel darauf, hinter dem Ofen ein Bücherschrank mit der Büste des alten Kaisers Wilhelm.)

Erste Scene.

Marie. Therese.

Therese (geheimnisvoll zur Thür hereinrufend).

Gnädiges Fräuleinchen.

Marie (an der Nähmaschine beschäftigt).

Was gibt's?

Therese.

Halten die alten Herrschaften noch Mittagsruh?

Marie.

Ist Besuch da?

Therese.

Nein — es ist wieder — kucken Sie mal da! (Trägt ein prächtiges Blumenarrangement herein.)

Marie (erschreckend).

O Gott! Thun Sie's rasch in mein Zimmer, damit Papa nichts — Aber es ist Ihnen doch gestern, als das erste kam, verboten worden, dergleichen anzunehmen?

Therese.

Ich hab' auch den Gärtnerburschen fortschicken wollen, aber ich war grad auf die Leiter geklettert von wegen die Fahne, und da hat er's hingestellt und — weg war er ... Ach, es ist doch eine gottgesegnete Pracht, und wenn ich mir eine Meinung erlauben dürfte, so hat der Herr Lieutenant —

Marie.

Sie dürfen sich aber keine Meinung erlauben.

Therese.

Ach so! Ja, was ich fragen wollte: Hängt die Fahne so gut?

Marie (hinausschauend — nickt).

Therese.

Und die ganze Stadt ist voll von sone Fahnen und Tannenjirlanden … Und die teuersten Teppiche hängen man so aus die Fenster … Doller wie bei Königs Geburtstag … Und alles wegen das dumme Musikfest … Gnädiges Fräuleinchen, was ist das eigentlich, ein Musikfest? Ist das was anders wie ein Sängerfest?

Marie.

Jawohl.

Therese.

Ist es feiner?

Marie.

Ja, es ist feiner.

Therese (respektvoll).

So — ah! — wenn es feiner ist!

(Es klopft.)

Marie.

Herein!

(Max tritt ein.)

Therese.

Nu darf ich die Blumen wohl drinne lassen.

(In sich hineinlachend ab.)

Zweite Scene.

Marie. Max von Wendlowski.

Marie.

Max, Sie haben da nette Geschichten gemacht.

Max.

Ich verstehe Sie nicht, Marie.

Marie.

Haben Sie mir etwa diese Blumen nicht geschickt?

Max.

Donnerwetter! Meine Mittel erlauben mir wohl, Ihnen von Zeit zu Zeit ein Veilchensträußchen à 50 Pfennig zu überreichen. Hiermit hab' ich nichts zu schaffen.

Marie (nach der Klingel gehend).

Und die von gestern?

Max.

Ebensowenig.

Marie (klingelt. Therese erscheint).

Werfen Sie die Blumen in die Müllgrube.

Therese.

Ach, die schönen!

Marie.

Sie haben Recht! (Zu Max.) Der Pfarrer würde in diesem Falle sagen: Wenn die Gottesgabe uns nicht freut, so müssen wir wenigstens sorgen, daß andre daran Freude haben. Würd' er das nicht sagen?

Max.

Das kann schon sein.

Marie.

Tragen Sie die Blumen in die Gärtnerei zurück. Es ist doch Zimmermann? (Therese nickt.) Man möchte sie, wenn möglich, verkaufen und das Geld dem Pfarrer Heffterbingk für die Hospitalkasse schicken.

Therese.

Jetzt gleich?

Marie.

Wenn Sie den Kaffee aufgebrüht haben. Servieren werd' ich ihn dann selbst. (Therese ab.) Welche Beleidigung! Ich brauche Ihnen nicht erst zu versichern, Max, daß ich niemandem einen Schimmer von Berechtigung gegeben habe.

Max.

Das weiß ich, Marie.

Marie.

Und Papa war böse ... Getobt hat er ... Weil ich heimlich gedacht habe, Sie wären's, hielt ich stille ... Wenn er den Unglücklichen zwischen die Finger bekäme, dem ging's schlecht.

Max.

Glauben Sie, zwischen meinen Fingern ging's ihm besser?

Marie.

Mit welchem Rechte dürften Sie?

Max (bittend).

Marie! (Faßt ihre Hand.)

Marie (sich sanft losmachend).

Max — ich bitte Sie — nichts davon! Sie kennen jede Falte meines Herzens — aber wir haben Rücksichten zu nehmen.

Max (seufzend).

Die Rücksichten — ach!

Marie.

Mein Gott, Sie wissen ja, in welcher Welt wir leben. Ein jeder hat hier vor dem andern Angst, weil jeder von der guten Meinung des andern abhängt ... Sind so ein paar anonyme Blumen schon imstande, mich ins Geklätsch zu bringen, wie viel mehr —

Max (nicht nachdenklich).

Marie (die Hand auf seine Schulter legend).

Max, Sie wollten noch einmal wegen der Kaution mit Tante Fränzchen reden.

Max.

Geschehn.

Marie.

Und?

Max (achselzuckend).

So lange sie lebt, keinen Heller.

Marie.

Es gibt nur Einen, der uns helfen könnte!

Max.

Papa?

Marie.

Um Gottes willen. Lassen Sie ihn ja nichts merken.
Er wäre imstande, Ihnen das Haus zu verbieten.

Max.

Was thu' ich denn seinem Hause?

Marie.

Sie wissen ja, wie er ist seit unsrem Unglück . . .
Er denkt immer, er habe einen Makel abzuwaschen. Und
jetzt gerade, wo die ganze Stadt von Musik wiederhallt,
wo alles ihn an Magda erinnert —

Max.

Ei, wenn sie nun eines Tages wiederkäme?

Marie.

Nach zwölf Jahren. Die kommt nicht wieder. (Weint.)

Max.

Marie!

Marie.

Sie haben recht. Weg damit! Weg damit!

Max.

Und wer könnte uns helfen?

Marie.

Wer sonst als der Pfarrer?

Max.

Ja, richtig, der Pfarrer.

Marie.

Der kann ja alles. Der geht ja mit den Menschen=
herzen um, als ob — Und dann ist er mir immer noch
wie ein Verwandter. Er sollte ja mein Schwager werden.

Max.

Ja, aber sie wollte nicht.

Marie.

Schelten Sie nicht, Max. Sie hat wohl büßen müssen.
(Es klingelt.) O, vielleicht ist er das.

Max.

Nein, nein — ich vergaß, Ihnen zu sagen. Der
Regierungsrat von Keller hat mich gebeten, ihn heute bei
Euch einzuführen.

Marie.

Ei, ei, was will der?

Max.

Er möchte sich an den Missions= — na, überhaupt
an unsern Anstalten beteiligen. Ich weiß nicht — viel=
leicht — na, jedenfalls will er morgen der Komiteesitzung
beiwohnen.

Marie.

Ich gehe die Eltern wecken. (Therese bringt eine Karte.)
Bitte! (Therese ab.) Machen Sie die Honneurs so lange.
(Ihm die Hand reichend.) Und über den Pfarrer reden wir
noch?

Max (lächelnd).

Trotz der Rücksichten?

Marie.

Mein Gott — ich bin zudringlich — nicht wahr?

Max.

Marie!

Marie.

Nein, nein — reden wir nicht — abieu. (Ab.)

Dritte Scene.

Max. von Keller.

Max (ihm entgegengehend).

Nehmen Sie für etliche Minuten mit mir vorlieb, lieber Herr von Keller. (Händeschütteln.)

Keller.

Aber mit Vergnügen, mein Verehrtester. (Sie setzen sich.) Unser gutes Nest ist durch die Feier ganz außer Rand und Band geraten. Man könnte beinahe glauben, es läge in der Welt!

Max (lächelnd).

Ich rate Ihnen, lassen Sie Ihre Meinung nicht laut werden.

Keller.

Was hab' ich denn gesagt? Nein, nein, so müssen Sie das nicht auffassen. Ein solches Mißverständnis, wenn man das weiter verbreitet — —

Max.

Von mir haben Sie nichts zu befürchten!

Keller.

O, das weiß ich ... Das Beste wäre schon, man lernte nie etwas anderes kennen!

Max.

Wie lange waren Sie fort?

Keller.

Fünf Jahre war ich draußen. Examen, auf Kommissorien rumgeschickt u. s. w. — Na, nun sitz' ich wieder hier. — Ich trinke heimisches Bier, ich lasse mir sogar bei heimischen Künstlern meine Röcke bauen, ich habe mich mit Todesverachtung durch sämtliche Rehrücken der Saison hindurchgegessen und nenne das: mich amüsieren. Ja, Jugend, Weiber und Wanderschaft sind schöne Dinge. Aber die Welt will regiert sein und braucht ernste Männer dazu. Auch Ihnen wird die Stunde schlagen, mein werter Freund. Die Jahre der Würde kommen. Ja, ja! Besonders, wenn man ins Konsistorium übergeht.

Max.

Thun Sie das?

Keller.

Ich habe die Absicht. — Und um Fühlung mit dem geistlichen Stande zu gewinnen — ich rede ganz offen mit Ihnen — ist es mir von Wert — kurz — ich interessiere mich für die religiösen Fragen. — Ich habe neulich schon durch meinen Vortrag — Sie wissen vielleicht! — dazu Stellung genommen, und gerade die Vereinigung, der dieses Haus angehört — lassen Sie mich Ihnen sagen, wie stolz ich bin. —

Max (halb scherzend).

So stolz hätten Sie schon lange sein können.

Keller.

Verzeihung, bin ich zu empfindlich? Ich lese einen Vorwurf in diesen Worten.

Max.

Durchaus nicht ... Aber gestatten Sie mir die Bemerkung: Es hat mir bisweilen geschienen, — und nicht mir allein — als ob Sie die Häuser vermieden, in denen die Familie meines Onkels verkehrt.

Keller.

Ah — ah! Nun, daß ich hier bin, beweist wohl das Gegenteil.

Max.

Sehr richtig ... Und darum will ich auch ganz offen mit Ihnen reden. Sie sind der Letzte, der meiner verschollenen Cousine Magda in der Welt draußen begegnet ist.

Keller (verwirrt).

Wie meinen — —?

Max.

Nun, Sie selbst haben ja, wie mir gesagt wurde, davon erzählt. Außerdem hat Sie auch mein Freund Heybebrand, der damals auf Kriegsakademie war, mit ihr zusammen getroffen.

Keller.

So, so, allerdings — ja.

Max.

Es war wohl ein Fehler von mir, daß ich Sie niemals offen nach ihr gefragt habe, aber Sie werden diese
Scheu erklärlich finden ... Ich fühle mich mit diesem
Hause solidarisch und fürchtete, Dinge zu vernehmen, die
es beschämen könnten.

Keller.

O — o — nicht doch — nein! Die Sache ist einfach die: Es war in der Zeit, als ich in Berlin das
Staatsexamen machte, da sah ich eines Tages in der
Leipziger Straße ein bekanntes — wenn ich so sagen
darf — heimatliches Gesicht ... Sie wissen ja, wie man
sich dann in der Fremde freut. — Na, wir sprachen dann
miteinander — ich erfuhr, daß sie sich für die Oper aus-
bilde und deshalb aus dem elterlichen Hause gegangen sei.

Max.

Ah, das stimmt wohl nicht ganz. Sie verließ das
Haus, um bei einer alten Dame Gesellschafterin zu werden.
(Zögernd.) Es gab da ein Zerwürfnis mit ihrem Vater.

Keller.

Wohl eine Heiratsgeschichte?

Max.

So ungefähr ... Der Alte, der auf der Seite des
Bewerbers war, sagte einfach: Entweder du parierst Ordre
oder du gehst aus dem Hause.

Keller.

Und sie ging.

Max.

Jawohl. Aber erst als sie nach einem Jahre plötzlich schrieb, sie werde zur Bühne gehn, da kam es zu
einem vollständigen Bruche. — Ja, aber was wissen Sie
nun weiter?

Keller.

Das ist wohl alles.

Max.

Das ist alles?

Keller.

Gott — e! Dann traf ich sie noch hie und da, z. B.
im Opernhause, wo sie einen Freiplatz hatte.

Max.

Und von ihrem Leben wissen Sie rein nichts?

Keller (zuckt die Achseln).

Sie haben auch nie etwas von ihr erfahren?

Max.

Niemals! Jedenfalls bin ich Ihnen von Herzen dankbar und bitte Sie, gegen meinen Onkel, ohne daß er Sie
direkt fragt, beileibe nichts von dieser Begegnung zu er-
wähnen. Er weiß zwar darum, aber der Name der verschollenen Tochter wird in diesem Hause nicht genannt.

Keller.

O, ich hätte selbstverständlich auch ohnebies die Delikatesse gehabt!

Max.

Und was glauben Sie, was aus ihr geworden sein kann?

Keller.

Ja, wissen Sie, mit der Musik ist das wie mit der Lotterie. Auf zehntausend Nieten kommt ein Gewinst, auf Scharen Untergegangener eine, die Carriere macht... Ja, wenn man eine Patti wird oder eine Sembrich oder — um bei unsrem Musikfest zu bleiben —

Vierte Scene.

Die Vorigen. Schwartze. (Dann) Frau Schwartze.

Schwartze (Keller die Hand schüttelnd).

Herzlich willkommen in meinem Hause, Herr von Keller (seine eintretende Frau vorstellend) Herr Regierungsrat von Keller — meine Frau.

Frau Schwartze.

Bitte doch Platz zu nehmen.

Keller.

Ich würde es nicht gewagt haben, gnädige Frau, um die Ehre der Einführung zu bitten, wenn nicht gleichzeitig der glühende Wunsch in mir rege gewesen wäre, mich an dem christlichen und gemeinnützigen Werke zu beteiligen, dessen Zentrum und Seele, wie die ganze Stadt weiß, dieses Haus bildet. — Der gute Zweck mag meine Kühn= heit entschuldigen.

Schwartze.

Gott, ich bitte Sie, — Sie thun uns ja viel zu viel
Ehre an. Wenn von einem Zentrum des Ganzen über=
haupt die Rede ist, so kann das niemand sein, als eben
der Pfarrer Hesterbingk. Er bewegt alles, er regiert
alles — er —

Frau Schwartze.

Sie kennen doch unsren Pfarrer, Herr von Keller?

Keller.

Ich habe ihn mehrfach reden gehört, gnädige Frau,
und bewundre sowohl die Innigkeit seiner Ueberzeugungen,
wie sein naives Menschenvertrauen. Aber den Einfluß,
den er ausübt, kann ich mir nicht erklären.

Frau Schwartze.

Ach, Sie werden es lernen. Sein Wesen ist ja so
einfach und schlicht. Man sieht es ihm wirklich nicht an.
— Aber das ist ein Mann. Der bekehrt alle.

Keller (höflich).

Nun bin ich es schon beinahe, gnädige Frau.

Schwartze.

Und was uns hier betrifft, lieber Gott! so geb' ich
eben diese schwachen und nutzlosen Arme dazu her, die
groben Arbeiten zu verrichten. Das ist alles. Schließlich
liegt es ja auch nah, daß ein alter Soldat das bißchen
Mark, das ihm der Thron übrig gelassen hat, dem Altar
zur Verfügung stellt. — Denn — e — das gehört doch
zusammen — nicht wahr?

Keller.

Das nenn' ich groß gedacht!

Schwartze.

Bitte, bitte, bitte, aber — ich will mich doch hier nicht aufspielen! — Würde mir recht — e — ja, vor jenen zehn Jahren, als sie mir den Abschied gaben, da war ich noch ein Kerl! Hä! Max, Max — ich glaube, mein altes Bataillon zittert heute noch vor mir, — Max — was?

Max.

Zu Befehl, lieber Onkel. —

Schwartze.

Ja, das passiert Euch vom Zivildienst nicht, Eure Kräfte vor der Zeit brach gelegt zu sehn ohne — Verschulden. — (brütend) Ohne eine Ahnung von Verschulden! — Dann kam auch noch ein kleines Schlaganfällchen! Gucken Sie mal, wie das noch zittert. (Hebt die rechte Hand hoch.) Und was da noch übrig blieb, — — — ja — was kann da wohl viel übrig bleiben? Da war es mein verehrter junger Freund Heffterdingk, der hat mir durch Arbeit und Gebet den Weg zu einer neuen Jugend gewiesen. Denn allein hätt' ich ihn nicht gefunden.

Frau Schwartze.

Glauben Sie ihm nicht, Herr von Keller. Wenn er sich nicht immer verkleinern wollte, er wäre ganz anders anerkannt bis in die höchsten Kreise.

Keller.

O, meine Gnädigste! Hoch und niedrig kennt und verehrt Ihren Herrn Gemahl.

Schwarze (aufleuchtend).

So? Ja? — Keine Eitelkeit! Ne, ne, pfui, keine Eitelkeit — die frißt uns ratzenkahl.

Frau Schwarze.

Ist es denn wirklich so sündhaft, ein bißchen geachtet sein zu wollen?

Keller.

O!

Schwarze.

Was ist geachtet? — Für dich zum Beispiel ist es, vom Oberpräsidenten durch den Saal geführt zu werden. Oder wenn die Majestäten hier sind, aufs Schloß zum Thee befohlen zu sein.

Frau Schwarze.

Du weißt sehr wohl, daß mir das letztere Glück noch nie zu teil geworden ist.

Schwarze.

Na, na, verzeih. Ich kenne ja deinen Schmerz. Ich hätt' ihn schonen sollen.

Frau Schwarze.

Ja, denken Sie, Herr Regierungsrat, Frau Fanny Hirschfeld, die von den Kinderheilstätten, wurde zu Ihrer Majestät befohlen — und ich wurde nicht befohlen.

Keller (bedauernd).

Ah!

Schwarze (streichelt ihr lachend den Kopf).

Wie gesagt, Mutterchen, ratzenkahl!

Fünfte Scene.

Die Vorigen. Marie (ein Theebrett mit Kaffeetassen tragend, verneigt sich freundlich vor dem aufstehenden Keller).

Schwarze.

Herr von Keller — meine Tochter — meine einzige Tochter!

Keller.

Ich hatte bereits das Glück.

Marie.

Ich kann Ihnen keine Hand zum Willkommen bieten, Herr von Keller, nehmen Sie statt dessen eine Tasse Kaffee.

Keller (sich bedienend, mit einem Rundblick).

Ich bin glücklich, daß Sie mich wie einen alten Be= kannten des Hauses behandeln.

Schwarze.

Und wenn's an uns läge, so soll bald ein Freund des Hauses daraus werden. — Und das ist keine schöne Redensart, denn ich kenne Sie, Herr Regierungsrat, und in diesen Zeiten, in denen alle Bande der Moral und Autorität zu zerreißen drohen, da ist es doppelt geboten,

daß die Männer, die für die gute, alte, sozusagen familien=
hafte Gesittung eintreten wollen, die nötige Fühlung mit=
einander bekommen.

Keller.

Ein ernstes und wahres Wort! Dergleichen hört man
nicht mehr auf dem großen Markte, wo die Ideen der
Zeit in die beliebte kleine Münze umgesetzt werden.

Schwartze.

Ideen der Zeit! Hähähähä. Ja, ja! Aber kommen
Sie in die stillen Heimstätten, wo dem Könige wackere
Soldaten erzogen werden und sittsame Bräute für sie. Da
wird kein Lärm gemacht mit Vererbung und Kampf ums
Dasein und Recht der Individualität — da passieren
keine Skandalgeschichten — da schert man sich den Teufel
um die Ideen der Zeit, und doch ruht hier die Blüte und
die Kraft des Vaterlandes ... Sehn Sie dieses Heim!
Da gibt's keinen Luxus — kaum einmal den sogenannten
guten Geschmack — verschossene Decken — birkene Möbel
— stockige Bilder — und doch — wenn Sie die Abend=
sonne durch die weißen Gardinen so freundlich auf all
das Gerümpel scheinen sehn, sagt Ihnen da nicht ein Ge=
fühl: Hier wohnt das Glück?

Keller (nicht wie in Ergriffenheit).

Schwartze (vor sich hinbrütend).

Hier könnt' es wohnen.

Marie (zu ihm eilend).

Papa!

Schwartze.

Jajaja! Sehn Sie, in diesem Hause herrscht ganz altmodisch noch die väterliche Autorität. — Und wird herrschen, so lange ich lebe. Und bin ich denn ein Tyrann? Redet doch! — Ihr müßt's doch wissen!

Marie.

Du bist der beste, der liebste —

Frau Schwartze.

Er ist so leicht erregbar, Herr Regierungsrat!

Schwartze.

Seid ihr nicht gut aufgehoben? Halten wir nicht zusammen, wir drei? Und an so was rüttelt nun die Zeit, pflanzt Widerspenstigkeit in die Herzen der Kinder, sät Mißtrauen zwischen Mann und Weib (sich erhebend) und wird nicht eher ruhen, als bis die letzte Heimat in Trümmer sinkt und wir einsam und scheu auf den Straßen herumvagieren wie die verlaufenen Hunde. (Sinkt von seiner Erregung ermattet in den Sessel zurück.)

Frau Schwartze.

Du solltest dich nicht so ereifern, Papa, — du weißt, das schadet dir. (Geht zu ihm.)

Max (macht Keller ein Zeichen).

Keller (leise).

Gehn?

Max (nickt).

Keller.

Ueber den Gegenstand ließe sich noch manches Interessante plaudern, Herr Oberstlieutenant — ich glaube ja, Sie sehn zu schwarz — aber meine Zeit ist leider —

Schwartze.

Zu schwarz — hä — zu schwarz! Na, nehmen Sie's einem alten Mann nicht übel, wenn er ein bißchen in Hitze gerät.

Keller.

Jung ist, wer sich entrüsten kann, Herr Oberstlieutenant ... Ich glaube, ich bin ein Greis gegen Sie.

Schwartze.

Na, na! (Drückt ihm die Hand.)

Keller.

Gnädige Frau! Gnädiges Fräulein! (Ab.)

Max
(verabschiedet sich gleichfalls).

Schwartze.

Und grüß mir das Bataillon, mein Sohn.

Max.

Zu Befehl, lieber Onkel. (Ab.)

Sechste Scene.

Schwartze. Frau Schwartze. Marie.

Frau Schwartze.

Ein liebenswürdiger Mann.

Marie.

Zu liebenswürdig beinahe.

Schwartze.

Er war noch eben unser Gast.

Frau Schwartze

(macht Marie ein Zeichen, sie möge in ihren Aeußerungen vorsichtig sein).

Marie.

Befiehlst du deine Pfeife, Papa?

Schwartze.

Bitte, mein Kind.

Frau Schwartze.

Nun werden ja auch die Herren von der Preference-partie gleich da sein. Wie gut, daß wir die Rehkeule nicht schon Sonntag gegessen haben. — Man soll doch immer verwahren! Ich hab' auch Rotwein holen lassen für den General. Zu 2 Mark 50. Das ist doch nicht zu teuer?

Schwartze.

Wenn er gut ist. — Kommt deine Schwester Franziska heute?

Frau Schwartze.

Ich glaub' — ja.

Schwartze.

Sie war wohl gestern zum Oberpräsidenten ein=
geladen?

Frau Schwartze (seufzend).

Ja.

Schwartze.

Und wir nicht. Arme Seele! — Sie kann sich
übrigens heut vor mir in acht nehmen, wenn sie prahlen
will. (Murmelnd.) Alter Drache — der!

Marie
(die vor ihm kniet, ihm die Pfeife anzuzünden).

Sei gut, Papachen! — Es thut dir keiner was.

Schwartze (sie streichelnd).

Ich bin gut, mein Herzblatt! — Ich freß euch aus
der Hand vor lauter Gutsein, aber (sich reckend) das Herz
ist mir schwer. (Es klingelt, Marie eilt hinaus.)

Frau Schwartze.

Das werden sie sein.

Siebente Scene.

**Die Vorigen. Generalmajor von Klebs. Professor
Bechmann. Marie.**

General.

Meinen unterthänigsten Respekt den Damen. Gnädigste
Frau. (Küßt ihr die Hand.)

Frau Schwartze.

Seien Sie willkommen, meine Herren.

General.

Na, mein lieber Oberstlieutenant, immer fidel? —
Ja? — Na, liebes Fräulein Mariechen, alles klar zum
Gefecht? Rücken Sie da noch ein Klötzchen unter . . .
So! — Dann kann ja die Geschichte losgehn! — Aber bei=
nahe wären wir zu spät gekommen. — Wir waren nämlich
mitten in den Musikfesttrubel reingeraten! — So ein
Unfug! — Da hol' ich also hier den Schulmeister ab —
und — und — wie wir am — am Deutschen Hause
vorbeikommen, da steht da ein Menschenauflauf und gafft,
als ob da mindestens ein Mitglied des Königlichen Hauses
abgestiegen wäre. — Und wer — we — we — wes=
wegen? Eine Sängerin . . . Das sind doch, um mich so
auszudrücken, Sachen. — Wegen einer Sängerin! Wie
heißt doch die Person?

Professor.

Aber, mein verehrter Herr General, Sie manschen
ja heute nur so in Barbarei.

General.

Wir bekommen einen Tadel, gnädige Frau! Wir
ziehn uns eine Rüge zu, gnädige Frau.

(Setzen sich.)

Professor.

Aber Sie werden doch die dall'Orto kennen, die große
italienische Sängerin, die da draußen die großen Wagner=

rollen singt? Das ist ein Glück für uns, daß wir die zum Feste hergekriegt haben. Wenn die nicht wäre —

General.

So so! Na, was wär' denn, wenn die nicht wäre? Hä? Ich dächte, wenigstens unsre streng gesitteten Kreise halten sich so — nen — sone Sachen vom Halse. Aber seitdem der Oberpräsident zu Ehren dieser Damen Soireen gibt! Und — ja, das is das schönste — das setzt allem die Krone auf! Raten Sie mal, wer steht da heute mitten unter den Enthusiasten und reckt sich den Hals aus? Hä? Ne, Sie raten's doch nicht. Is zu doll. Der Pfarrer.

Schwartze.

Der Pfarrer?

General.

Ja, ja, ja. Unser Pfarrer.

Schwartze.

Merkwürdig.

General.

Nun frag' ich Sie, was will der da? Und was wollen die andern da? Und was hat so'n Fest überhaupt für'n Zweck?

Professor.

Nun, ich dächte, die idealen Güter der Nation zu pflegen, das ist eine Aufgabe —

General.

Wer die idealen Güter der Nation pflegen will, der kann ja einem Kriegerverein beitreten.

Schwarze.

Nicht jeder hat das Glück, Soldat gewesen zu sein, Herr General.

General (die Karten ausbreitend).

Man ist eben Soldat gewesen, lieber Oberstlieutenant. Ich kenne keine Leute, ich wünsche keine Leute zu kennen, die nicht Soldat gewesen sind! — Sie geben! — Und diese ganze sogenannte Kunst, Sie weiser Mann Sie, — was hat die eigentlich für einen Zweck?

Professor.

Die Kunst hat den Zweck, den moralischen Sinn im Volke zu erhöhen, Herr General!

General.

Da haben wir's, gnädige Frau — wir sind geschlagen. — Der Sieger von Königgrätz hat uns geschlagen ... Ich aber sage Ihnen: die Kunst ist eine Erfindung, die sich die Drückeberger zurecht gemacht haben, um im Staate zu etlicher Bedeutung zu gelangen ... Passe!

Schwarze.

Passe!

Professor (eifrig).

Und wollen Sie etwa behaupten, daß die Kunst — — (Ruhig.) Neun Pique. (Ausrufe des Erstaunens.)

(Es klingelt. Marie eilt hinaus. General macht eine ungeduldige Bewegung. Schwarze beruhigt ihn. Sie beginnen zu spielen.)

Achte Scene.

Die Vorigen. Franziska von Wendlowski.
(Später der) Pfarrer.

General.

Ah! Unser verehrtes Fräulein Franziska. (Leise.) Nu
is Schluß.

Schwartze.

Ne ne ne ne — die schicken wir in den Garten.

Franziska
(die sich in einen Stuhl geworfen hat).

Ich bin in einem Echauffement. Ich muß erst etwas
Luft schöpfen. Ich bitte, sich vorläufig nicht zu stören,
Herr General.

Professor.

Also — neun Pique.

General.

Hurrje, da ist ja auch der Pfarrer.

Pfarrer.

Wünsche guten Tag. (Man begrüßt ihn, indem einer nach
dem andern ihm die Hand schüttelt.)

General.

Nanu, Pfarrerchen, seit wann laufen Sie denn den
Sängerinnen nach?

Pfarrer.

Was thu' ich —? ach so, — ja, ich laufe den Sängerinnen nach — das ist jetzt meine Beschäftigung.

Schwartze.

Aber trotzdem können Sie doch 'ne Partie Preference mitspielen, hä?

Pfarrer.

Leider nein ... Ich muß Sie sogar um eine dringende Unterredung bitten, lieber Herr Oberstlieutenant.

General.

Nanu? Die wird sich doch aufschieben lassen, Pfarrerchen?

Franziska.

O um Gottes willen — das ist so wichtig — das muß sofort —

Schwartze.

Gehört die denn auch dazu — meine Schwägerin?

Franziska.

Die gehört sogar in sehr hervorragender Weise dazu.

General.

Na — dann können wir ja ruhig wieder gehn.

Frau Schwartze.

Ach — uns ist ja das furchtbar peinlich —

Schwartze.

Wenn Sie's nicht wären, lieber Pfarrer, der uns da auseinandersprengt.

Frau Schwartze.

Aber vielleicht gestatten die Herren Mariechen, daß sie Sie ein wenig in den Garten führt?

General.

Das geht. Gewiß. Fein. Famos. Schulmeisterlein kleines, das machen wir. Fräulein Mariechen, haben Sie die Gnade und nehmen Sie die Tête.

Professor.

Aber — die Karten — die bleiben doch liegen? nicht wahr?

General.

Ja, Sie haben neun Pique. Kommen Sie man. — (Ab.)

Neunte Scene.

Schwartze. Frau Schwartze. Pfarrer. Franziska.

Schwartze.

Nun?

Franziska.

Mein Gott, seht ihr denn nicht meine Aufregung? Gebt mir doch wenigstens ein Glas Wasser. — (Frau Schwartze bringt es.)

Pfarrer.

Wollen Sie mir versprechen, lieber Oberstlieutenant, was auch kommen mag, Ihre Ruhe zu bewahren? ... denn es hängt viel davon ab, das glauben Sie mir.

Schwartze.

Ja, ja — aber was soll denn —

Pfarrer.

Das sagt Ihnen besser Fräulein Franziska.

Franziska (nachdem sie getrunken hat).

Ja, das ist ein Tag. Heute rächt mich das Schicksal. Dieser Mann hat jahrelang meine heiligsten Empfindungen verletzt — er hat mich — aber heute kann ich feurige Kohlen auf seinem Haupte sammeln. (Gerührt.) Schwager, gib mir deine Hand. Schwester, gib mir deine Hand.

Pfarrer.

Verzeihen Sie, liebes Fräulein Fränzchen — ich glaube — Ihre Aufgabe ist so ernst, daß . . .

Franziska (schmelzend).

Nicht böse sein . . . Nicht böse sein. Ich bin ja so bewegt. Ich — war also gestern beim Oberpräsidenten. Es waren nur der hiesige Abel und die höchsten Beamten eingeladen. — Ihr waret wohl nicht eingeladen?

Schwartze (zornig).

Nein.

Franziska.

So war's doch nicht gemeint . . . dieses Mißtrauen. Ich bin ja so bewegt . . . (will weinen, fährt aber auf einen Blick des Pfarrers fort) ja, ja, ja — ich hatt' also mein gelbes Seidenkleid mit den Brabantern an — — die

Schleppe hatt' ich mir kürzer machen lassen. — Also wie ich in den Saal trete. (Weint.) Wer ist da?

Schwartze.

Also — wer ist da?

Franziska (aufschluchzend).

Euer Kind! Magdalena! (Schwartze taumelt zurück, vom Pfarrer unterstützt. Frau Schwartze schreit auf. Dann Schweigen.)

Schwartze (der sich zuerst faßt).

Pfarrer!

Pfarrer.

Es ist wahr.

Schwartze (aufstehend).

Magdalene ist nicht mehr mein Kind.

Franziska.

Aber hör nur zu. — Du wirst gleich andrer Ansicht werden. Beide Arme wirst du ausstrecken nach einem solchen Kind.

Schwartze.

Magdalene ist nicht mehr mein Kind.

Pfarrer.

Aber schließlich — denk' ich — anhören könnten Sie doch, wie sie gefunden wurde.

Schwartze (verwirrt).

Ja, das kann ich.

Pfarrer (winkt Franziska).

Franziska.

Also — der große Festsaal war drückend voll. — Fast lauter fremde Menschen. Da seh' ich Excellenz durch den Saal gehn und an seinem Arm eine Dame —

Frau Schwartze.

An dem Arm von Excellenz?

Franziska.

Mit brünettem Haar und stolz und hochgewachsen. Und rings um sie ein Halbkreis von Menschen wie beim Cercle um Ihre Majestät . . . Und plaudert und lacht . . . Und jeder, an den sie das Wort richtet, ist beglückt, genau wie bei Ihrer Majestät . . . Und sie hat ein halbes Dutzend Orden auf der Schulter, und ein Orangeband mit einer Medaille hat sie um den Hals . . . Ich denk' noch, was für eine Fürstlichkeit kann das wohl sein, da dreht sie sich halb um; — na, und ich kenn' doch Magdas Augen.

Schwartze.

Märchen!

Franziska.

So, da hat man's. —

Pfarrer.

Lieber Herr Oberstlieutenant, die Sache hat ihre Richtigkeit.

Schwartze.

Wenn Sie das — (die Hände faltend). Sie ist nicht untergegangen. Vater im Himmel, du hast sie nicht untergehen lassen!

Frau Schwartze.

Und was ist sie, daß sie so hochgeehrt —?

Pfarrer.

Sie ist im Auslande eine große Sängerin geworden und nennt sich mit einem italienischen Namen Maddalena dall'Orto.

Frau Schwartze.

Hör doch, Leopold, die berühmte Sängerin, von der die Zeitungen immer schreiben, das ist unser Kind.

Schwartze.

Magda ist nicht mehr mein Kind. —

Pfarrer.

Ist das nun Ihre innerste Meinung?

Franziska.

Ja, da sieht man, was du für ein Herz hast! — Nimm dir an mir ein Beispiel. Wo sie nur konnte, hat sie mich geärgert, die Kröte, d. h. damals Kröte . . . Und jetzt — sie sah mich ja nicht, aber hätte sie mich gesehn — o!

Frau Schwartze.

Leopold, Excellenz hat sie selbst am Arm geführt!

Schwartze.

Ich aber sage dir — und dir — und Ihnen, Pfarrer, mir wär's lieber, sie hätte in Not und Lumpen vor mir gelegen und mich um Verzeihung angefleht, denn dann

hätt' ich doch gewußt, daß sie im Herzen mein Kind ge=
blieben ist ... Warum ist sie in diese Stadt gekommen —
hä —? Die Welt war ja groß genug für ihre Triumphe!
Dies Provinznest brauchte sie sich nicht zu erobern. Aber
ich weiß! — Ihrem armen Teufel von Vater zu zeigen,
wie weit man's in dieser Welt bringen kann, wenn man
die Kindespflicht mit Füßen tritt, das ist ihre Absicht.
Trotz und Dünkel sprechen aus ihr — weiter nichts!

Pfarrer.

Lieber Herr Oberstlieutenant, da möchte ich Sie doch
fragen: — was spricht aus Ihnen? Etwa das Vaterherz?
Nun, darauf werden Sie wohl selber keinen Anspruch
machen, denn — — oder vielleicht das gute Recht? Ich
glaube vielmehr, Ihr gutes Recht wär' es gewesen, sich
ganz einfach an dem Glück Ihres Kindes zu freuen. —
Oder vielleicht die gekränkte Sitte? ... Ich weiß nicht —
Ihre Tochter hat so viel durch eigene Kraft erreicht, daß
die gekränkte Sitte sich am Ende damit zufrieden geben
könnte ... Aber mir scheint, aus Ihnen sprechen Trotz
und Dünkel, weiter nichts!

Schwartze (auffahrend).

Herr Pfarrer!

Pfarrer (freundlich).

Ach, schreien Sie mich nicht an ... das ist ja ganz
überflüssig. Wenn ich was zu sagen habe, so muß ich's
doch sagen, nicht wahr? ... Und da möcht' ich fast glauben,
es paßt Ihnen nicht, daß sie wider Ihren Willen so hoch
gestiegen ist. Ihr Stolz möchte was zu verzeihen haben,

und es ärgert Sie, daß es hier nichts zu verzeihen gibt.
Und nun frag' ich Sie: Wünschen Sie ernsthaft, daß sie
lieber als eine Gefallene, eine Verworfene den Weg in
ihren Heimatsort zurückgefunden hätte, und wollen Sie
es wagen, diesen Wunsch vor Gottes Thron zu verant=
worten? (Schweigen.) Nein, mein lieber, alter, verehrter
Freund. Sie haben oft im Scherze gesagt, ich sei Ihr
gutes Gewissen, lassen Sie es mich einmal ernsthaft sein.
Folgen Sie mir! — Heute noch.

Franziska.

Hätt'st du das nur gesehn, wie sie —

Pfarrer (nickt ihr, sie solle still sein).

Schwartze.

Hat sie nur den leisesten Versuch gemacht, sich ihren
alten Eltern zu nähern? Hat sie mit einem einzigen Liebes=
zeichen an ihr Vaterhaus gedacht? Wer bürgt mir dafür,
daß meine ausgestreckte Hand nicht mit Hohn zurück=
gewiesen wird?

Pfarrer.

Nun, dafür könnt' ich wohl bürgen.

Schwartze.

Sie? Na, ich denke, Sie hätten zu allererst eine Probe
von ihrem unbändigen Trotz erhalten.

Pfarrer (betreten).

Daran hätten Sie mich nicht erinnern sollen.

Zehnte Scene.

Die Vorigen. Marie (mit dem Blumenkorbe). **Therese.**

Marie.

Papa, Papa, hör nur, was Therese — Ach, ich
störe wohl?

Schwartze (sich sammelnd).

Was gibt es?

Marie.

Ich hatte heut wieder anonyme Blumen bekommen,
und als ich Therese damit zur Gärtnerei zurückschickte,
erfuhr sie, daß es kein Herr, sondern eine Dame gewesen
sei, die sie bestellt hat ... Und da sie doch nicht mehr
verkauft werden konnten, hat sie sie wieder mitgebracht.

(Die andern wechseln Blicke.)

Pfarrer.

Nun sagen Sie mal, Therese, hat man Ihnen diese
Dame beschrieben?

Therese.

Sie ist groß gewesen — mit große, dunkle Augen —
und soll sehr was Feines und Fremdländ'sches an sich ge=
habt haben.

Pfarrer
(führt Marie mit dem Blumenkorbe heran und legt Schwartze die
Hand auf den Arm).

Sie brauchten ein Liebeszeichen!

Schwartze (die Blumen anstarrend).

Von ihr!

Frau Schwartze.

Die kosten ja ein Vermögen.

Marie.

Nun hat aber Therese noch etwas sehr Merkwürdiges erfahren.

Pfarrer.

Na, nun reden Sie mal, Therese. Ganz frisch weg!

Therese.

Wenn der Herr Pfarrer meinen! Also wie ich wieder raufkomme, hält mich der Portier an und erzählt, daß gestern abend um die Schummerstunde eine Ekwipage vor der Thür gehalten hat ... da ist eine Dame bringewesen. Die ist aber nicht ausgestiegen, sondern hat immerzu nach den Fenstern von unsere Wohnung raufgesehn, wo eben Licht angesteckt gewesen ist. Und als er gegangen ist, fragen, was sie eigentlich will, da hat sie dem Kutscher was gesagt und der ist rasch zugefahren! (Bewegung.)

Pfarrer.

Es ist gut, Therese! (Therese ab.)

Elfte Scene.

Die Vorigen (ohne) Therese.

Pfarrer.

Verzeihen Sie, liebes Fräulein Mariechen, wenn wir Sie noch einmal als kleines Mädchen behandeln und Sie bitten, uns noch für einen Augenblick allein zu lassen.

Marie.

Mir ist so angst bei dem allen, Herr Pfarrer. (Bittend.) Papa?

Schwartze (verstört auffahrend).

Was, mein Kind?

Marie.

Papa! — Papa, du weißt, wer diese Dame ist?

Schwartze.

Ich? Nein — ich vermute es nur.

Marie (aufschreiend.)

Magdalena — Magda — Magda ist hier! (Auf die Kniee fallend.) Ach, du verzeihst ihr!

Schwartze.

Steh auf, mein Kind. Deine Schwester steht hoch über meinem bißchen Verzeihung.

Pfarrer.

Aber — über Ihrer Liebe steht sie nicht.

Marie.

Magda ist da! Mein Gott, Magda ist da! (Weint am Halse der Mutter.)

Franziska.

Holt mir denn keiner ein Glas Wasser? Ich bin ja so bewegt.

Pfarrer.

Haben Sie einen Entschluß gefaßt? (Schwartze bleibt unbeweglich.) Soll das heißen, Sie lassen sie ihrer Wege gehn, ohne sie —

Schwartze.

Es wird wohl so sein.

Pfarrer.

Ei, wenn Sie in Ihrer Sterbestunde mit einemmale das Verlangen nach Ihrer verlorenen Tochter packt? Wenn Sie sich dann sagen müssen: Sie hat vor meiner Schwelle gestanden und ich hab' ihr nicht zugerufen: Komm herein!

Schwartze (gequält und halb besiegt).

Was wollen Sie von mir? Soll ich mich bemütigen vor meinem weggelaufenen Kinde?

Pfarrer.

Nein, das sollen Sie nicht ... Ich — ich — werde — zu ihr gehn.

Schwartze.

Sie? Pfarrer, Sie?

Pfarrer.

Ich habe heute nachmittag vor ihrem Hotel gewartet, um mich zu überzeugen, ob sich Fräulein Franziska nicht geirrt habe. Um dreiviertel vier ist sie aus dem Thor getreten und in den Wagen gestiegen.

Marie.

Sie haben sie gesehn?

Frau Schwartze.

Wie hat sie ausgesehn? Was hat sie angehabt?

Pfarrer.

Die Aufführung hat um vier Uhr begonnen und muß nächstens zu Ende sein. Ich werde sie also im Hotel erwarten und werde ihr sagen, daß sie hier — daß sie hier offene Arme findet ... Das darf ich doch?

Marie.

Ja, ja, nicht wahr, Papa, ja?

Frau Schwartze.

Bedenke doch, wer deine Tochter —

Schwartze.

Können Sie mir schwören, daß sich kein schwächlicher und eitler Gedanke in Ihr Handeln einmischt? ... Daß Sie, was Sie thun, im Namen unseres Herrn und Heilandes thun?

Pfarrer.

Das kann ich, so wahr er mir helfe.

Schwartze.

Dann geschehe Gottes Wille. (Marie stößt einen Freuden=schrei aus.)

Pfarrer (streckt ihm die Hand entgegen).

Schwartze (ihn festhaltend, leiser).

Der Gang wird Ihnen schwer. — Ich weiß! Ihre verlorene Jugend — Ihr Stolz —

Pfarrer.

Ach, lieber Herr Oberstlieutenant, ich hab' so die Idee, der Stolz ist ein recht armseliges Ding. Es lohnt wirklich nicht, ihn immerzu im Munde zu führen. Da ist ein alter Vater, dem bring' ich seine Tochter — und da ist eine irrende Seele — na, der bring' ich eben die Heimat. Ich denke, das ist ganz genug. — Abieu so lang. (Ab.)

Marie
(will sich jubelnd und weinend dem Vater an die Brust werfen).

(Der Vorhang fällt.)

Zweiter Akt.

Dieselbe Scenerie.

(Es ist dunkel, nur ein leises Abendrot schimmert noch durchs Fenster).

Erste Scene.

Marie. Therese.

Therese (trägt eine brennende Lampe herein).

Gnädiges Fräuleinchen! Was hat sie bloß immer zu kucken? — Gnädiges Fräuleinchen!

Marie (die am Fenster gestanden hat, auffahrend).
Was wollen Sie?

Therese.
Soll ich zu Abendbrot decken?

Marie.
Noch nicht.

Therese.
Aber es ist halber acht.

Marie.
Um halb sieben ist er gegangen. Die Aufführung muß lange aus sein ... Sie wird nicht kommen wollen.

Therese.

Wer? Ist noch ein Abendbrotgast?

Marie.

Nein, nein, nein! (Therese will ab.) Therese! — Könnten Sie vielleicht noch in den Garten, ein paar Sträuße pflücken?

Therese.

Können könnt' ich wohl, aber was ich greifen werd', weiß ich nicht ... 's ist ja stockbuster.

Marie.

Ja, ja — Sie können gehn.

Therese.

Soll ich nu pflücken — oder —?

Marie.

Nein — danke, nein.

Therese.

Was hat die bloß? (Ab.)

Zweite Scene.

Marie. Frau Schwartze.

Frau Schwartze.

Du, Mariechen, ich hab' mir für alle Fälle doch die andre Haube aufgesetzt. Die mit den Bändern. Sieh mal, sitzt das so?

Marie.

Ja, Mamachen, das sitzt.

Frau Schwartze

Ist Tante Fränzchen noch nicht oben?

Marie.

Nein.

Frau Schwartze.

Gott, ach Gott! ich hatt' ja die beiden Herren ganz vergessen. — Und Papa hat sich eingeschlossen ... der will nichts hören und sehen. Ach Gott, wenn der General uns böse wird! Das ist ja unser vornehmster Umgang. Das wär' ja ein Unglück.

Marie.

Wenn er erfährt, um was es sich handelt, Mamachen.

Frau Schwartze.

Ja — ja — ja. Und der Herr Pfarrer kommt auch gar nicht. Du, Mariechen, noch eins! — Wenn sie dich fragen sollte —

Marie.

Wer?

Frau Schwartze.

Na, Magda.

Marie.

Magda!

Frau Schwartze.

Wie das so ist zwischen uns beiden. Was man so nennt: Stiefmutter. Das bin ich doch nicht?

Marie.

Ganz gewiß nicht, Mamachen.

Frau Schwartze.

Siehst du, damals ... ich konnt' mich eben nicht daran gewöhnen, gleich zwei große Töchter zu haben ... Aber das hat sich doch ausgeglichen? (Marie nickt.) Und wir haben uns doch lieb?

Marie.

Ja, Mamachen, wir haben uns sehr lieb. (Küßt sie.)

Dritte Scene.

Die Vorigen. Franziska.

Franziska (ängstlich).

Da stört man ja wieder ein lebendes Bild.

Frau Schwartze.

Was hat der General gesagt?

Franziska.

Der General? — Na, der war schön böse. Uns anderthalb Stunden sitzen zu lassen, das sind Sachen, hat er gesagt. Und in der That, ich muß sagen, das übersteigt —

Frau Schwartze (kläglich zu Marie).

Siehst du, was hab' ich dir — —

Franziska.

Na, ich hab' ja die Sache diesmal noch wieder ein=
gerenkt, so daß die Herren wenigstens im Guten weg=
gegangen sind —

Frau Schwartze.

Ja? — Ich dank' dir schön, Fränzchen, tausendmal!

Franziska.

Ja, dazu ist man gut genug, Gänge zu gehen und
Aschenbrödel zu spielen . . . Aber wenn es heißt, zur
Familie gehören, eine alte, liebe Tante mit ihrem liebe=
vollen Herzen —

Marie.

Wer hat dich gekränkt, Tante Fränzchen?

Franziska.

Ja, jetzt kommst du! Aber vorhin, als ich so bewegt
war, da hat sich keiner um mich gekümmert. Ja, die
Kaution zu zahlen, damit das gnädige Fräulein heiraten
können, dazu ist man genug —

Marie.

Tante Fränzchen!

Franziska.

Aber so lang ich lebe —

Frau Schwartze.

Wovon sprecht ihr denn?

Franziska.

Wir wissen schon, wir beibe. Und heute. Wer hat euch eure Tochter gebracht?

Frau Schwartze.

Noch ist sie ja nicht —

Franziska.

Ich hab' euch eure Tochter gebracht. Und wer hat mir schon dafür gedankt? Und daß ich ihr verziehen habe, wer hat das anerkannt? Denn ich hab' ihr ver= ziehen, (weinend) ich hab' ihr alles — — —

Vierte Scene.

Die Vortgen. Therese (sehr aufgeregt).

Marie.

Was ist Ihnen, Therese?

Therese.

Ich hab' solche Bange, gnädiges Fräuleinchen.

Marie (ängstlich).

Was ist?

Therese.

Der Wagen.

Marie.

Welcher Wagen?

Therese.

Der von gestern abend.

Marie.

Ist da? Ist da? (Läuft zum Fenster.) Mama, Mama, komm, sie ist da, — der Wagen — —

Frau Schwartze.

Wahrhaftig, da steht ein Wagen!

Marie (an die Thür links pochend).

Papa, Papa! Komm rasch, erbarme dich, komm rasch!

(Therese auf einen Wink Franziskas ab.)

Fünfte Scene.

Franziska. Marie. Frau Schwartze. Schwartze.

Schwartze.

Was gibt es?

Marie.

Magda — der Wagen!

Schwartze.

Um Gottes willen! (Eilt ans Fenster.)

Marie.

Sieh — sieh — wie hoch sie sich aufrichtet! — Wie sie ins Fenster sehn will! (Die Hände faltend.) Papa! Papa!

Schwartze.

Was willst du damit sagen?

Marie (verschüchtert).

Ich — nichts!

Schwartze.

Willst du damit vielleicht sagen, du Ding: Sie hat vor deiner Thür gestanden und du hast ihr nicht zuge= rufen: Komm 'rein —? hä?

Marie.

Ja, das will ich sagen! Das will ich sagen!

Schwartze.

Hör mal, Alte, sie steht vor unsrer Thüre. Wollen wir auch mal unsern Stolz ... wie wär's — was? — holen wir sie?

Frau Schwartze.

Ach, Leopold, da sie so hochgeehrt ist, könnten wir wohl —

Marie (aufschreiend).

Sie fährt!

Schwartze.

Nein, nein, sie fährt nicht ... Komm, wir bringen sie ihr.

Franziska.

Ach ja — bringt sie mir auch.

(Schwartze und Frau Schwartze ab.)

Sechste Scene.

Marie. Franziska.

Marie.

Sie hat sich niedergesetzt! Möcht' doch der Wagen
bloß nicht! Das dauert — dauert!! — Sie müssen doch
schon unten sein. (Angstvoll.) Da — da — (außer sich
rufend.) Nicht wegfahren — Magda — Magda, nicht! ...

Franziska.

Schrei doch nicht so! Was ist los?

Marie.

Sie sieht sich um! Sie hat sie gesehn! Sie läßt
halten! Sie reißt den Schlag auf. Sie springt heraus!
Jetzt! jetzt! Sie liegt Vater im Arm! (Verbirgt schluchzend
ihr Gesicht.) Tante Fränzchen! Tante Fränzchen!

Franziska.

Ja, was sollte r Vater nu wohl thun? ... Von
allein — na! Aber da ich ihr nu mal verziehen hatte,
kann er doch nicht — kann er doch nicht —

Marie.

Sie geht zwischen Vater und Mutter! — Ach, wie
hoch ist ihre Gestalt! ... Sie kommt, sie kommt! ... Wie
werd' ich schlichtes, dummes Ding vor ihr bestehn ... —
Ich hab' solche Angst! Solche Angst! (Flieht nach der Wand
links.)

(Pause.)

(Draußen die Stimmen Magdas und der Eltern.)

Siebente Scene.

Die Vorigen. Magdalene. Schwartze. Frau Schwartze.

Magda

(in glänzendem Gesellschaftskostüm, einen weiten Mantel darüber — einen spanischen Schleier über das Haar geworfen — stürzt mit einem Aufschrei auf Marie los).

Meine Mieze! Mein Kleines! Ach, wie ist mein Kleines groß geworden. — Mein Schoßkind — mein — ach! (Sie stürmisch küssend.) Aber was ist das? Du taumelst ja! Komm, setz dich! Nein, nein, bitte, setzen! Auf der Stelle! Ich will! (Führt Marie zu einem Sessel.) Die lieben Hände! Die lieben Hände! (Kniet vor ihr nieder, küßt und streichelt die Hände.) Und so hart! Und so zerstochen! Und blaß ist mein Liebling! Hat Ringe um die Augen!

Schwartze

(ihr leise die Hand auf die Schulter legend).

Magda, wir andern sind auch da.

Magda.

Ja so — ich bin ganz. — (Aufstehend, innig.) Mein lieber alter Papa! Ach Gott, wie bist du weiß geworden! Mein lieber Papa! (Seine Hand erfassend.) Mein lieber — Aber was hast du mit deiner Hand? Die zittert ja!

Schwartze.

Nichts, mein Kind. Frag nicht danach.

Magda.

Hm! — Und schön geworden bist du auf deine alten Tage. Ich kann mich gar nicht satt sehn! Ich werde

ganz übermütig werden mit einem so schönen Papa. (Auf
Marie weisend.) Die müßt ihr aber besser pflegen . . . Sie
sieht ja aus wie Milchglas . . . Du, nimmst du Eisen?
Was? Nein, du solltest Eisen nehmen! Oder aber —
(zärtlich) na, wir reden ja noch! — Kinder, denkt euch,
ich bin zu Hause! Das ist ja wie ein Märchen. Ja, das
war eine herrliche Idee von dir, mich heraufzuholen ohne
Aussprache — senza complimenti; denn über die Kindereien
von damals sind wir doch alle lang hinausgewachsen. —
Was, Papachen?

Schwartze.

Hm, Kindereien?

Magda.

Ich wär' auch wahrhaftig von dannen gefahren. So
schlecht kann man sein. — Aber das müßt ihr mir doch
zugestehn: Gekratzt hab' ich an der Schwelle — ganz leise
— ganz bescheiden, wie unsre Lady, wenn sie sich rum=
getrieben hatte. Ja, was macht denn Lady? — Ihr Platz
ist ja leer! Wo steckt sie? (Lockt.)

Frau Schwartze.

Ach, die ist seit sieben Jahren tot!

Magda.

Ah, povera bestia . . . Ja, ja, ich vergaß! Und
Mama! Ja, mammina! Dich hab' ich ja noch gar nicht
angesehn . . . Wie nett du geworden bist! Damals war
noch ein bißchen verspätete Jugend an dir hängen ge=
blieben . . . sie kleidete dich nicht. Aber jetzt bist du ein
liebes, altes Frauchen. Man bekommt Lust, den Kopf

ganz still in beinen Schoß zu legen. Das werb' ich auch.
Das wird mir sehr gut thun ... Du, bamals haben wir
uns manches schöne Mal gezankt. Ach, was war ich für
ein widerborstiges kleines Vieh! Na, unb bu standst auch
beinen Mann. Aber nun wollen wir eine Friedenspfeife
miteinander rauchen — hä?

Frau Schwartze.
Geh, bu scherzest mit mir, Magba.

Magba.
Soll ich nicht? Darf ich nicht? Doch, boch, boch!
Es ist ja lauter Liebe, lauter Liebe! Wollen nichts als
uns lieb haben. Wollen gut Freunb sein — was?

Franziska
(bie schon lange versucht hat, sich bemerkbar zu machen).
Unb wir auch, nicht wahr, meine teure Magba?

Magba.
Tiens, tiens! (Beäugelt sie prüfenb burch ihre Lorgnette.)
Da sinb wir ja auch noch ... Immer mobil? Immer noch
Mittelpunkt der Familie?

Franziska.
O bas —

Magba.
Na, reichen wir uns mal flott bie Hände! So! —
Zwar ausstehn hab' ich bich nie können. Werb's auch
nicht lernen. Das liegt uns so im Blute — hä?

Franziska.

Und ich hatte dir schon alles verziehn.

Magda.

Ah? Diese Seelengröße hätt' ich — —. Und gleich alles verzeihst du — in Bausch und Bogen?... Auch daß du die Mutter gegen mich aufhetztest, noch eh' sie ins Haus getreten war? Daß du dem Vater — (Sich mit der Faust auf den Mund klopfend.) Meglio tacere! meglio tacere!

Marie (die ihr ins Wort fällt).

Um Gottes willen, Magda!

Magda.

Nein, mein Liebling — nichts, kein Wort!

Franziska.

Sie hat ein Auftreten!

Magda.

Und nun laßt mich mal Umschau halten! Mein Gott, alles, wie es war! Kein Stäubchen hat sich gerührt!

Frau Schwartze.

Ich muß sehr bitten, Magda, du wirst kein Stäubchen finden.

Magda.

Das glaub' ich, mammina. So war's auch nicht gemeint. Zwölf Jahre! Ohne Spur... Ja, hab' ich denn das alles inzwischen bloß geträumt?

Schwartze.

Du wirst uns viel zu erzählen haben, Magda.

Magda (auffahrend).

Wie? Na, wollen ja sehn . . . Wollen ja sehn. Jetzt möcht' ich gern — ja, was möcht' ich gern? . . . Einen Augenblick still sitzen möcht' ich . . . Das ist alles so über mich gekommen . . . Wenn ich bedenke . . . Von jenem Fenster bis zu dieser Thür . . . Von diesem Tisch da bis zum Kleiberwinkel oben — das war einstmals meine Welt.

Schwartze.

Eine Welt, mein Kind, über die man nie hinaus= wächst, nie hinauswachsen darf — das hast du dir doch immer gegenwärtig gehalten?

Magda.

Wie meinst du das? — Und was für ein — Ge= sicht machst du dazu? Ja so — ja. Das war eine Frage zur rechten Zeit! War ich ein Dummkopf! Ach, war ich ein Dummkopf! Mein guter, alter Papa, das wird leiber eine kurze Freude werden.

Frau Schwartze.

Warum?

Magda.

Ja, was denkt ihr von mir? Glaubt ihr, ich bin so frei, wie ich aussehe? Eine ganz müde, abgehetzte Magb bin ich, die nur glücklich ist, wenn ihr die Peitsche im Nacken sitzt.

Schwartze.

Wessen Magd? Welche Peitsche?

Magda.

Das läßt sich nicht so sagen, lieber Vater. Ihr kennt meine Art zu leben nicht ... Ihr würdet sie wahrschein= lich auch nicht verstehn. Kurz, jeder Tag, jede Stunde hat ihre Bestimmung weit voraus ... Ja ... und — jetzt muß ich ins Hotel zurück.

Marie.

Nein, Magda, nein.

Magda.

Ja, Mieze, ja ... da sitzen schon lange sechs, sieben Menschen und wollen Audienz. Aber weißt du was, Mi, ich pumpe dich mir aus für diese Nacht ... Nicht wahr, sie darf doch bei mir schlafen?

Schwartzc.

Natürlich! Oder wie meinst du — wo schlafen?

Magda.

Im Hotel!

Schwartze.

Was? Du willst nicht bei uns wohnen? Die Schande willst du uns machen? ...

Magda.

Wo denkt ihr hin? Ich habe ja einen ganzen Hof= staat bei mir.

Schwartze.

Für diesen Hofstaat, wie du sagst, wird in deinem Elternhause wohl auch noch Platz sein.

Magda.

Wer weiß? Denn er ist etwas bunt ... Da ist erstens Bobo, mein Papagei, ein süßes Vieh — der wär' nicht schlimm ... dann meine Kammerkatze Giulietta, ein kleiner Satan — kann aber gar nicht ohne sie leben ... dann mein Kurier — das ist ein Tyrann und der Schrecken aller Hotelwirte ... Na, und dann nicht zu vergessen der gestrenge Herr, mein Gesangsmeister.

Franziska.

Das ist hoffentlich ein ganz alter Mann.

Magda.

Nein, aber ein ganz junger Mann.

Schwartze (nach einem Schweigen).

Dann hast du noch eins — deine dame d'honneur — vergessen.

Magda.

Welche dame d'honneur?

Schwartze.

Du kannst doch nicht mit einem jungen Manne von Land zu Land reisen, ohne —

Magda.

Ah, das beunruhigt euch? — Ich kann, seid unbesorgt, ich kann. In meiner Welt schert man sich um solche Dinge nicht.

Schwarze.

Was ist das für eine Welt?

Magda.

Die Welt, die ich beherrsche, lieber Vater. — Eine andre kann ich nicht brauchen. Was ich thue, schickt sich dort, weil ich es thue.

Schwarze.

Das ist freilich eine bencibenswerte Stellung. Aber du bist noch jung. Es wird Lagen geben, wo du eine Autorität — kurz, wessen Rate folgst du bei deinen Handlungen?

Magda.

Es hat niemand das Recht, mir zu raten, lieber Papa.

Schwarze.

Nun, mein Kind, von heute ab nimmt dein alter Vater dies Recht wieder für sich in Anspruch! (Hinausrufend.) Therese! (Thereses Stimme: Ja, Herr Oberstlieutenant.) Gehn Sie ins Deutsche Haus und tragen Sie die Sachen des Fräulein —

Magda (bittend).

Verzeih, lieber Vater, du vergißt, daß dazu ja meine Befehle nötig sind.

Schwarze.

Wie? ... Ja, es scheint mir, das vergaß ich ... Zieh also in Frieden, meine Tochter.

Marie.

Magda! — ach, Magda!

Magba (ihren Mantel nehmend).

Hab Geduld, mein Liebling, wir reden noch unter
vier Augen. Und morgen kommt ihr zu mir zum Früh=
stück — gelt? Da schwatzen wir noch mal und haben
uns lieb.

Frau Schwartze.

Wir sollen zu dir?

Magba.

Es ist mir lieber, ich hab' euch in meinen vier
Wänden.

Schwartze.

Die vier Wände eines Hotels.

Magba.

Ja, lieber Papa, eine andre Heimat hab' ich nicht.

Schwartze.

Und dieses hier?

Marie.

Siehst du nicht, wie er gekränkt ist?

Achte Scene.
Die Vorigen. Der Pfarrer.

Pfarrer
(tritt ein, stutzt und zwingt seine Bewegung herunter).

Magba (ihn lorgnettierend).

Auch der! Schau, schau!

Frau Schwartze.

Denken Sie! Sie will schon wieder fort.

Pfarrer.

Ich weiß nicht, ob ich — dem gnädigen Fräulein noch bekannt bin.

Magda (höhnisch).

Sie unterschätzen sich, Herr Pfarrer. Und da ich Sie alle nun wiedergesehen habe — (hängt ihren Mantel um)

Schwartze (rasch, leise).

Sie müssen sie halten.

Pfarrer.

Ich? — Wenn Sie machtlos sind, wie soll —

Schwartze.

Versuchen!

Pfarrer (sich bezwingend — befangen).

Verzeihen Sie, mein gnädiges Fräulein, es scheint wohl zudringlich von mir — wenn ich — wollen Sie mir eine Unterredung von wenigen Minuten schenken?

Magda.

Was sollten wir beide uns wohl zu sagen haben, mein verehrter Herr Pfarrer?

Frau Schwartze.

Ach ja, thu es. — Er weiß ja alles am besten.

Magda (ironisch).

Ah?

Marie.

Ich werde dich vielleicht nie mehr um etwas bitten, aber dies eine thu mir zuliebe!

Magda
(streichelt sie und blickt dann überlegend von einem zum andern).

Na, weil das Kind so schön zu bitten weiß! — Herr Pfarrer, ich stehe zu Diensten.

Marie (dankt ihr stumm).

Franziska (leise zu Frau Schwartze).

Jetzt wird er ihr ins Gewissen reden. Komm!

Schwartze.

Sie waren damals der Grund, daß ich sie aus dem Hause schickte, Sie stehn mir heute dafür, daß sie bleibt.

Pfarrer
(macht eine Geberde des Zweifels an sich).

Schwartze.

Marie!

Marie.

Ja, Papa.

(Alle ab.)

Neunte Scene.

Der Pfarrer. Magda.

Magda
(setzt sich und beäugelt ihn durch ihre Lorgnette).

Hier also ist ein Mann, der es unternimmt, durch eine Unterredung von wenigen Minuten meinen Willen kurz und klein zu brechen.... Und daß man Ihnen dergleichen zutraut, beweist mir, daß Sie ein König sind in Ihrem Reiche. Ich neige mich! — Und nun lassen Sie mal Ihre Künste spielen.

Pfarrer.

Mein Fräulein, auf Künste versteh' ich mich nicht. Und würde mir auch nicht erlauben — Ihnen..... Wenn man mir hier einiges Vertrauen schenkt, so geschieht das, weil man weiß, daß ich nie etwas für mich selbst verlange.

Magda (höhnisch).
Das war wohl schon immer so?

Pfarrer.

Nein, mein Fräulein. Ich habe einmal in meinem Leben einen großen und innigen Wunsch gehabt... Der war, Sie zum Weibe zu besitzen. Ich brauche Sie nur anzusehn und dann mich, um zu wissen, daß er eine Vermessenheit war... Seitdem hab' ich mir das Wünschen abgewöhnt.

Magda.

Ei, ei, Herr Pfarrer, ich glaube, Sie machen mir den Hof.

Pfarrer.

Mein Fräulein, wenn es nicht unhöflich wäre —

Magba.

O, ein Seelenhirte darf selbst unhöflich sein!

Pfarrer.

Ich würde Sie alsdann wegen des Umgangs beklagen, den Sie da braußen gehabt haben.

Magba (in spöttischer Ueberlegenheit).

So? Was wissen Sie denn von meinem Umgang?

Pfarrer.

Ich glaube, er hat Sie verlernen lassen, daß ernste Menschen ernst zu nehmen sind.

Magba.

Ah! (Aufstehend.) Nun, dann werd' ich Sie ernst nehmen und Ihnen sagen, daß Sie mir immer unleidlich gewesen sind, Sie mit Ihrer gut gespielten Einfachheit, Ihrer elegischen Milde und Ihrer — ... Seitdem Sie sich aber herabließen, Ihr Auge auf mich dummes Ding zu werfen und mich mit Ihrer Werbung aus dem Hause trieben, seitdem hasse ich Sie.

Pfarrer.

Mir scheint vielmehr, ich bin auf diese Weise doch der Anlaß zu Ihrer Größe geworden.

Magba.

Da haben Sie freilich recht. Hier wär' ich verstaubt
und vertrocknet . . . Nein, nein — ich hasse Sie ja auch
nicht! . . . Warum sollt' ich Sie viel hassen? Das liegt
ja alles weit, weit hinter mir . . . Ach, wenn ihr wüßtet,
wie weit! . . . Ihr habt hier gesessen Tag für Tag in
dieser lauen Zimmerluft, die nach Lavendel, Tabak und
Magentropfen riecht . . . derweilen hab' ich mir den Sturm
um die Nase fegen lassen! . . . Wenn Sie, Herr Pfarrer,
eine Ahnung hätten, was das Leben im großen Stil,
Bethätigung aller Kräfte, Auskosten jeder Schuld, was
In-die-Höhe-kommen und Genießen heißt, Sie würden sich
selbst sehr komisch finden in dieser priesterlichen Unterredung . . . Hahahaha! Ah, Pardon . . . Ich glaube, seit
zwölf Jahren ist solch ein Lachen nicht mehr durch dieses
ehrsame Haus gegangen . . . Denn hier versteht ja keiner
zu lachen! Versteht hier einer zu lachen — hä?

Pfarrer.

Nein. Leider nein.

Magba.

Leider sagen Sie . . . Das klingt ganz treuherzig.
Aber wollt ihr es denn nicht so?

Pfarrer.

Die meisten von uns können nicht, mein Fräulein.

Magba.

Und die es könnten, denen ist das Lachen Sünde.
Na, Sie könnten doch. Was fehlt Ihnen? Sie brauchten

doch nicht mit dieser Leichenbittermiene in die Welt zu
sehn .... Sie haben doch sicherlich eine kleine blonde Frau
daheim, die fleißig Strümpfe stopft und ein halbes Dutzend
Krausköpfe drum herum. Das ist ja in den Pfarr=
häusern so.

Pfarrer.

Ich bin ledig geblieben, mein Fräulein.

Magda.

Ah! — (Schweigen.) „Habe ich Ihnen damals so wehe
gethan?"

Pfarrer.

Ach, lassen wir das lieber, mein Fräulein. — Das
ist ja lange her.

Magda (den Mantel fallen lassend).

Und Ihr Beruf — bringt der nicht Freuden genug?

Pfarrer.

Gott sei Dank — ja ... Aber wenn man ihn recht
ernst nimmt, so lebt man kein eignes Leben dabei —
wenigstens ich kann es nicht ... Man kann nicht so auf=
jubeln im Vollgefühl seiner Persönlichkeit — so meinen
Sie es doch? — Und dann — ich blicke in mancherlei
Herzen hinein — und man sieht da zu viel Wunden, die
man nicht heilen kann, um jemals recht froh zu werden.

Magda.

Ein merkwürdiger Mensch sind Sie ... So was kenn'
ich nicht ... Wenn ich nur den Verdacht los würde, daß
Sie hier Pose stehn.

Pfarrer.

Wollen Sie mir, ehe Sie gehn, eine Frage gestatten, mein Fräulein?

Magda.

Bitte!

Pfarrer.

Es ist vielleicht eine Stunde her, daß Sie Ihr Heimats=haus betreten haben — nein, nicht einmal — so lange hab' ich ja gar nicht auf Sie gewartet.

Magda.

Auf mich? Sie? Wo?

Pfarrer.

Im Korridor — vor Ihren Zimmern.

Magda.

Was wollten Sie da?

Pfarrer.

Mein Gang war unnütz, denn nun sind Sie ja hier.

Magda.

Wollen Sie damit sagen, Sie haben mich — holen — -- Sie, dem ich damals so viel . . Wenn jemand ein Interesse hatte, mich fern zu halten, so sind Sie es doch.

Pfarrer.

Ja, sind Sie denn gewohnt, alles, was man um Sie herum thut, als Ausfluß irgend eines selbstsüchtigen Interesses zu betrachten?

Magba.

Natürlich. Bin ja ebenso ... (Von einem neuen Ein-
fall gefaßt.) Oder aber Sie — — nein, zu der Annahme
bin ich nicht berechtigt ... (Aergerlich.) Ach, das gibt's
ja alles nicht ... das sind ja Märchen ... Kindergeschichten
vom edlen Manne! Nun, wie dem auch sei, Herr Pfarrer,
ich will Ihnen gestehn, Sie gefallen mir jetzt viel, viel
besser, als damals, da Sie mir, — wie sagt man doch?
— einen ehrenvollen Antrag machten.

Pfarrer.

Hm!

Magba.

Wenn Sie mir das doch wenigstens mit einem Lächeln
quittieren möchten ... Dieses steinerne Gesicht — das
wirkt ja unheimlich ... man ist ganz sconcertata ...
Wie sagt man? Je ne trouve pas le mot.

Pfarrer.

Verzeihung, mein Fräulein. Darf ich mir jetzt die
Frage gestatten?

Magba.

Mein Gott, was ist dieser heilige Mann wißbegierig.
Und, daß ich mit Ihnen kokettiere, das sehn Sie wohl
gar nicht. Denn eines Mannes Schicksal gewesen zu sein,
das schmeichelt uns Frauen ... dafür muß man dankbar
sein. Sie sehn, derweilen bin ich bei den Künsten an-
gelangt. Also fragen Sie, fragen Sie!

Pfarrer.

Warum — warum sind Sie heimgekommen?

Magda.

Aha!

Pfarrer.

Das Heimweh war es nicht?

Magda.

Nein. Na, vielleicht ein ganz klein ... Ich will Ihnen sagen: Als ich in Mailand die Einladung bekam, bei diesem Feste mitzuwirken — warum man mir die Ehre anthat, weiß ich nicht — da fing ein merkwürdiges Gefühl in mir zu bohren an — halb Neugier und halb Scheu — halb Wehmut und halb Trotz — das sagte mir: Geh heim — unerkannt — und stell dich im Dunkeln vor das Haus, in dem die väterliche Zuchtrute über dir geschwungen worden ist — siebzehn Jahre lang. Da weide dich an dir! Wenn sie dich aber doch erkennen, dann zeig ihnen, daß man auch abseits von ihrer engen Tugend was Echt's und Rechtes werden kann.

Pfarrer.

Also doch nur Trotz?

Magda.

Im Anfang — meinetwegen ... Schon auf dem Wege fühlte ich ein merkwürdiges Herzklopfen — wie einstmals, wenn ich meine Lektionen schlecht gelernt hatte ... Und ich hatte immer schlecht gelernt ... Als ich vor dem Hotel stand — dem Deutschen Hause — denken Sie nur — ach! — das Deutsche Haus, wo immer die inspizierenden Generale und die großen Sängerinnen abstiegen, da hatte ich wieder ben Riesenrespekt von ehemals, als wär' ich nicht würdig, den alten Kasten zu betreten ... daß ich nun selber eine sogenannte große Sängerin geworden war, hatt' ich total vergessen ... Von da an bin ich allabendlich um dieses Haus geschlichen — aber ganz weich — ganz demütig — immer zum Weinen geneigt.

Pfarrer.

Und trotzdem wollen Sie fort?

Magda.

Ich muß!

Pfarrer.

Aber —

Magda.

Fragen Sie nicht. Ich muß.

Pfarrer.

Hat man Ihren Stolz verletzt? Ist so ein Wort wie Verzeihung überhaupt gefallen?

Magda.

Das fehlte noch ... Oder ja — doch die alte Schachtel zählt nicht.

Pfarrer.

Was kann es also auf der Welt geben, was Sie nach einer Stunde wieder hinaustreibt?

Magda.

Ich will Ihnen sagen. Ich fühl' es, seit der ersten Minute, daß ich hier bin: die väterliche Autorität streckt

schon wieder ihr Fangnetz nach mir aus, — und das Joch
steht schon bereit, durch das ich kriechen soll.

Pfarrer.

Aber hier ist doch kein Joch und kein Fangnetz. Sehn
Sie doch nicht Gespenster . . . Hier gibt es nichts wie
weitgeöffnete Arme, die bloß darauf warten, die verlorene
Tochter an die Brust zu ziehn.

Magda.

O, ich bitte sehr! davon nichts . . . Ein Pendant zum
verlorenen Sohne will ich nicht liefern! — Käm' ich als
Tochter, als verlorene Tochter wieder, dann ständ' ich nicht
so da mit erhobenem Haupte, dann müßte ich im Voll=
bewußtsein aller meiner Sünden hier im Staube vor euch
rutschen. (In wachsender Erregung.) Und das will ich nicht . . .
das kann ich nicht . . . (mit Größe) denn ich bin ich und
darf mich nicht verlieren. — (Schmerzvoll.) Und darum
hab' ich keine Heimat mehr, darum muß ich wieder fort,
darum — — —

Zehnte Scene.

Die Vorigen. Frau Schwartze. (Dann) Marie.

Pfarrer.
Still! Um Gottes willen.

Frau Schwartze.
Ach Verzeihung, Herr Pfarrer — ich wollte nur
hören wegen des Abendbrots. (Bittend nach Magda hin, welche

abgewandt, die Hände vors Gesicht geschlagen, dasitzt.) Wir haben nämlich gerade heute einen warmen Braten — Sie wissen ja, Herr Pfarrer, weil die Herren von der Preference-partie kommen sollten. — Nicht wahr, Magda, ob du nun weggehst oder nicht, einen Bissen könntest du doch in deinem Elternhause —

Pfarrer.

Fragen Sie jetzt nicht, Frau Oberstlieutenant.

Frau Schwartze.

Ach, wenn ich störe ... ich dachte nur ...

Pfarrer.

Später.

Marie (in der Thür erscheinend).

Bleibt sie?

Magda

(zuckt beim Klange der Stimme zusammen, ohne sich jedoch zu rühren).

Frau Schwartze.

Pscht! (Ab.)

Elfte Scene.

Magda. Der Pfarrer.

Pfarrer.

Fräulein Magda, Sie haben keine Heimat mehr? — Haben Sie gehört — die alte Frau bettelt und lockt mit dem Besten, was sie hat, wenn's auch nur ein Stück Fleisch ist? — Haben Sie gehört, wie Mariens Stimme in Thränen zitterte aus Furcht, daß es mir doch vielleicht nicht glücken würde? Die trauen mir viel zu, die glauben, ich brauche nur ein paar Worte zu sprechen. Die ahnen ja nicht, wie machtlos ich hier vor Ihnen steh'. Sehn Sie — hinter jener Thür da sitzen drei Menschen, die fiebern in Angst und in Liebe ... Wenn Sie diese Schwelle überschreiten, so werden Sie damit jedem ein Stück Leben aus dem Leibe reißen ... Und Sie wollen behaupten, Sie hätten keine Heimat mehr?

Magda.

Wenn ich eine habe, so ist sie nicht hier.

Pfarrer (betreten).

Mag sein ... Und trotzdem dürfen Sie nicht fort. Ein paar Tage nur! Bloß um ihnen den Wahn nicht zu rauben, daß Sie hierher gehören. Das sind Sie ihnen doch schuldig!

Magda (schmerzvoll).

Ich bin hier niemandem mehr etwas schuldig.

Pfarrer.

Nein? Wirklich nicht ... Ja, da muß ich Ihnen von einer Stunde erzählen ... Das sind nun elf Jahre her ... Da wurde ich eines Tages eilig in dieses Haus gerufen, denn der Herr Oberstlieutenant wäre im Sterben. Als ich kam, da lag er ganz steif und starr — und das Gesicht blau und verzerrt — ein Auge war ihm schon gebrochen — in dem andern flackerte noch ein bißchen

Leben. Er wollte reden — aber seine Lippen, die klatschten
bloß noch aufeinander und lallten.

Magda.

Gott im Himmel, was war geschehen?

Pfarrer.

Ja, was geschehn war? ... Das werd' ich Ihnen
sagen: Er hatte eben einen Brief bekommen, in dem seine
älteste Tochter sich loslöste von ihm.

Magda.

O, mein Gott!

Pfarrer.

Es hat lange gedauert, bis sein Körper sich von dem
Schlaganfall erholte. Nur ein Zittern im rechten Arm,
das Sie vielleicht bemerkt haben, blieb davon zurück.

Magda.

Also meine Schuld.

Pfarrer.

Ach, wenn das alles wäre, Fräulein Magda! — Ver=
zeihung, ich nannte Sie, wie ich Sie früher genannt habe...
Es kam mir so in den Mund.

Magda.

Nennen Sie mich, wie Sie wollen. Aber weiter!

Pfarrer.

Die notwendige Folge blieb nicht aus. Als er den
Abschied erhielt — er will den Grund nicht wahr haben

— reden Sie ihm ja nicht davon ... da brach er auch
geistig zusammen.

Magda.

Ja, ja, ja. Das ist alles meine Schuld!

Pfarrer.

Sehn Sie, Fräulein Magda, da begann mein Werk.
Wenn ich davon rede, so müssen Sie nicht denken, daß
ich vor Ihnen prahlen will ... Was würd' es mir auch
nützen? Langsam hab' ich ihn geheilt und seine Seele
wieder empor — (mit Geste) gehoben ... Erst ließ ich ihn
auf den Rosenstöcken die Raupen sammeln.

Magda (entsetzt).

Ah!

Pfarrer.

Ja, so weit war er ... dann gab ich ihm Gelder
zu verwalten und dann machte ich ihn zum Mitarbeiter
an den Anstalten, deren Leitung mir anvertraut ist ...
da ist ein Hospital und Suppenanstalten und ein Siechen-
haus, und es gibt da immer viel zu thun. — So wurd'
er denn wieder zum Menschen ... Auch auf Ihre Stiefmutter hab' ich einzuwirken versucht — nicht weil ich nach
Einfluß begierig war. Das glauben Sie mir vielleicht ...
Kurz die alte Spannung zwischen ihr und Marien ist all-
mählich gewichen, Liebe und Vertrauen sind im Hause
eingekehrt.

Magda (ihn anstarrend).

Und warum thaten Sie das alles?

Pfarrer.

Nun, erstens ist es ja mein Beruf, dann that ich es
um seinetwillen, denn ich hab' den alten Mann lieb, vor
allem — aber — um — Ihretwillen.

Magda (weist in erschrockener Frage auf sich).

Pfarrer.

Ja, um Ihretwillen, mein Fräulein. Denn ich über=
legte mir: Es wird der Tag kommen, daß sie heimkehren
wird. Vielleicht als Siegerin — — vielleicht aber auch
als Besiegte, zerbrochen, geschändet an Leib und Seele . . .
Verzeihen Sie mir diesen Gedanken, aber ich wußte ja
nichts von Ihnen . . . In einem wie im andern Fall
sollten Sie die Heimat für sich bereitet finden. — Das
war mein Werk, das Werk langer Jahre . . . Und nun
fleh' ich Sie an, zerstören Sie es nicht . . . Thun Sie's
nicht!

Magda (schmerzgequält).

Wenn Sie wüßten, was hinter mir liegt, Sie würden
mich nicht zu halten suchen.

Pfarrer.

Das liegt da draußen. Und hier ist die Heimat. Lassen
Sie es. Vergessen Sie es.

Magda.

Wie kann ich vergessen? Wie darf ich?

Pfarrer.

Warum wehren Sie sich noch, während alles jubelnd
die Hände nach Ihnen ausstreckt? . . . Es ist ja nichts

Schlimmes dabei. Haben Sie doch das bißchen Mut zur
Liebe, da alles ringsum von Liebe für Sie überströmt!

Magba (weinend).
Sie machen mich wieder zum Kinde!
(Pause.)

Pfarrer.
Und nicht wahr, Sie bleiben?

Magba (aufspringend).
Aber man soll mich nicht fragen.

Pfarrer.
Was soll man nicht fragen?

Magba (angstvoll).
Was ich da draußen erlebt habe. Man würde es nicht
verstehn. Niemand. Auch Sie nicht.

Pfarrer.
Gut — also auch nicht.

Magba.
Und Sie versprechen es mir — für sich — und
für jene da drin?

Pfarrer.
Ob ich für jene — ja, ich kann's versprechen.

Magba (tonlos).
Rufen Sie sie.

Zwölfte Scene.

Die Vorigen. Marie. (Dann) Frau Schwartze. Franziska.
Schwartze.

Pfarrer (die Thür links öffnend).

Sie bleibt.

Marie (stürzt aufjubelnd in Magdas Arme).

Frau Schwartze (umarmt sie gleichfalls).

Schwartze.

Das war beine Schuldigkeit, mein Kind.

Magda.

Ja, Vater! (Faßt vorsichtig mit beiden Händen seine rechte
Hand und führt sie inbrünstig an ihre Lippen.)

Franziska.

Na, Gott sei Dank! Nun können wir auch endlich
Abendbrot essen! (Oeffnet die Schiebethür zum Speisezimmer. Man
sieht den gedeckten Abendbrottisch, von der grünumschirmten Hänge-
lampe hell erleuchtet.)

Magda (im Schauen versunken).

Ach, seht mal da! Noch die liebe alte Lampe!

(Die Frauen gehen langsam nach hinten.)

Schwartze (die Hände ausstreckend).

Na, hören Sie, das war Ihr größtes Werk, Pfarrer!

Pfarrer.

Ach, ich bitte Sie! Und es ist auch eine Bedingung
dabei.

Schwarze.

Bedingung?

Pfarrer.

Wir dürfen nicht fragen, was sie erlebt hat.

Schwarze (entsetzt).

Was? Was? Ich — soll — nicht —?

Pfarrer.

Nein, nein — nicht fragen, nicht fragen, sonst — — — (Von dem neuen Gedanken gepackt.) Sie wird es — selbst gestehn!

Der Vorhang fällt.

Dritter Akt.

(Dieselbe Scenerie. Auf dem Tische links Kaffeezeug und Blumen. Vormittagsstimmung.)

Erste Scene.

Frau Schwartze. Franziska. (Später) Therese.

Frau Schwartze (aufgeregt).

Gott sei Dank, daß du kommst. Das ist heute morgen ein Trara.

Franziska.

So, so! Aha!

Frau Schwartze.

Denk dir, da sind zwei Menschen aus dem Hotel gekommen. Ein Herr — sieht aus wie ein Fürst — und ein Fräulein wie eine Prinzessin. Das sind ihre Bedienten.

Franziska.

So ein Aufwand!

Frau Schwartze.

Und die reden und schreien im ganzen Haus — und beide können kein Deutsch — und kein Mensch versteht

sie — und sie reden und reden und reden . . . Und die
Mamsell hat kommandiert: ein warmes Bad — das war
nicht warm genug — und eine kalte Douche, die war
nicht kalt genug — und Spiritus, den goß sie einfach durch's
Fenster — und Toilettenessig — den gibt's gar nicht.

Franziska.

Solche Ansprüche! — Und wo ist denn eure be=
rühmte Tochter?

Frau Schwartze.

Die ist nach dem Bade noch einmal ins Bett ge=
gangen.

Franziska.

Solche Liederlichkeit würd' ich nicht leiden in meinem
Hause.

Frau Schwartze.

Ich muß es ihr auch sagen! Schon wegen Leopold!
(Therese tritt ein.) Was willst du, Therese?

Therese.

Der Herr Regierungsrat von Keller — der hat seinen
Diener hergeschickt und läßt fragen, ob der Herr Lieutenant
schon dagewesen ist, und was das gnädige Fräulein auf
die Bestellung geantwortet hat.

Frau Schwartze.

Welches gnädige Fräulein?

Therese.

Ja, das weiß ich nicht.

Frau Schwartze.

Dann sagen Sie nur, wir lassen schön grüßen, und der Herr Lieutenant wäre noch nicht dagewesen.

Franziska.

Er hat bis zwölf Uhr Dienst. Hernach wird er wohl kommen.

Therese

(ab; während sie die Thür öffnet, hört man im Korridor ein Lärmen — eine Männer- und eine Frauenstimme, die in italienischen Lauten miteinander streiten).

Frau Schwartze.

Nu hör bloß. (Zur Thür hinaussprechend.) Warten Sie doch nur! Ihre Signora wird ja schon kommen! Wird ja schon kommen! (Schließt die Thür.) Ach! (Zurückkehrend.) Und nun das Frühstück! — Was denkst du wohl, was sie trinkt?

Franziska.

Na Kaffee!

Frau Schwartze.

Nein!

Franziska.

Also Thee?

Frau Schwartze.

Nein . . .

Franziska.

Am Ende gar Schokolade?

Frau Schwartze.

Nein — aber Kaffee und Schokolade zusammengerührt.

Franziska (entsetzt).

Das ist ... Aber gut muß es schmecken.

Frau Schwartze.

Und gestern sind noch ein halbes Dutzend Koffer aus dem Hotel gekommen. Und ebensoviel sind noch dort — — Ach, was da alles drin war! Ein Koffer allein für die Hüte! Und Pudermäntel ganz von echten Spitzen — und durchbrochene Strümpfe mit Goldstickerei und — (leiser) seidene Hemden —

Franziska.

Was? Seidene — —?

Frau Schwartze.

Ja!

Franziska
(die Hände über dem Kopf zusammenschlagend).

Das ist ja Sünde!

Zweite Scene.

Die Vorigen. Magda.

Magda
(in glänzender Morgentoilette — spricht hinaus, indem sie die Thür öffnet).

Ma che cosa volete voi? Perchè non aspettate, finchè vi commando? ... Hä?

Frau Schwartze.

Jetzt kriegen die ihr Teil.

Magda (erzürnt).

No, no — è tempo! (Die Thür zuschlagend, für sich.)
Va — bruto! Guten Morgen, Mamachen! (Küßt sie.)
Langschläferin bin ich — was? Ah, guten Morgen, Tante
Fränzchen. Gut gelaunt — hä? — Ich auch.

Frau Schwartze.

Was wollte der fremde Herr, Magda?

Magda.

Ach das dumme Tier! Wissen, wann ich abreise,
will das Tier. Wie kann ich das wissen? (Sie streichelnd.)
Nicht wahr, mamma mia? ... Ach, Kinder, geschlafen
hab' ich — das Ohr aufs Kissen und weg — wie ge-
töpft! — Und die Douche heut' war so schön eisig. —
Eine Kraft hab' ich — Allons cousine — hopp! (Faßt
Franziska um die Taille und wirft sie in die Höhe.)

Franziska (wütend).

Aber was erl—
                Magda (hochmütig verwundert).
Hä?
                Franziska (katzenfreundlich).
Du bist so scherzhaft!

Magda.
Wer weiß? (In die Hände klatschend.) Frühstück!

Dritte Scene.

Marie (ein Tablett mit Kaffeezeug tragend).

Guten Morgen!

Franziska.

Guten Morgen, mein Kind.

Magda.

Ich sterbe vor Hunger — haaa! (Klopft sich auf den Magen.)

Marie (küßt Franziska die Hand).

Magda (den Deckel abhebend, freudig).

Famos — ah! Man merkt, Giulietta hat Wirtschaft geführt.

Franziska.

Wenigstens Lärm genug hat sie gemacht.

Magda.

Schadet nichts! Ein guter Skandal ist schon die halbe Morgensonne. Und wenn sie's zu toll treibt, werft ihr nur ruhig einen Teller oder so was an den Kopf ... das ist sie schon gewöhnt. Wo steckt Papa?

Frau Schwartze.

Er macht eine Entschuldigungsvisite bei den Herrschaften des Komitees.

Magda.

Besteht euer halbes Leben immer noch aus Entschuldigungen? Was ist denn das für ein Komitee?

Frau Schwartze.

Es ist der christliche Hilfsverein. Der sollte heute vormittag in unserem Hause eine Sitzung haben. Nun haben wir uns gedacht, es wäre doch unpassend, wenn wir die Herrschaften gerade heute herkommen ließen. Es sähe so aus, als wenn wir dich präsentieren wollten.

Franziska.

Aber Auguste! Jetzt sieht es doch so aus, als ob euch eure Tochter wichtiger ist —

Magda.

Na ich hoffe, das ist sie auch.

Frau Schwartze.

Gewiß! Ja! aber — o Gott! — du weißt ja gar nicht, was das für Leute sind: Die verlangen die strengsten Rücksichten. — Da ist zum Beispiel die Frau Generalin von Klebs. (Stolz.) Mit denen verkehren wir.

Magda (mit geheucheltem Respekt).

So! Ah!

Frau Schwartze.

Nun werden sie ja wohl morgen kommen. Da wirst du neben der Frau Generalin noch einige andre vornehme und gottesfürchtige Damen kennen lernen, deren Umgang uns sehr viel Ansehn verschafft hat. Ich bin doch neugierig, wie du ihnen gefallen wirst.

Magda.

Wie sie mir gefallen werden, willst du sagen.

Frau Schwartze.

Ja — das heißt — — — Aber wir schwatzen und
schwatzen —

Marie (aufstehend.)

Ah verzeih, Mamachen.

Magda.

Nein, du bleibst hier.

Frau Schwartze.

Ja, Magda, und deine Koffer im Hotel. Ich habe
ewig Angst, daß da was wegkommt.

Magda.

Laßt sie doch holen, Kinder.

Franziska (leise zu Frau Schwartze).

Du, Auguste, jetzt werb' ich sie ins Gebet nehmen.
Da paß mal auf.

(Frau Schwartze ab.)

Franziska (sich setzend, wichtig).

Und nun, meine liebe Magda, wirst du deiner alten
Tante mal ausführlich erzählen. —

Magda.

Hä? . . . Ach du, Mama braucht so nötig Hilfe! —
Geh, geh! Mach dich nützlich!

Franziska (giftig).

Wenn du befiehlst!

Magda.

Ich habe nur zu bitten

Franziska (aufstehend).

Aber du bittest etwas energisch, find ich.

Magda (lächelnd).

Jawohl.

(Franziska wütend ab.)

Vierte Scene.

Magda. Marie.

Marie.

Aber Magda!

Magda.

Ja, mein Herz! So bin ich durch die Welt gekommen. — Biegen oder brechen; das heißt, ich bieg' mich
nicht. Mach's ebenso!

Marie.

Ach, du mein lieber Gott!

Magda.

Armes Kind! Ja, ja, in diesem Hause verlernt man
dergleichen. Hab' ich mich doch schon gestern schändlich
biegen müssen... Du — aber unser altes Mamachen da
— die ist ganz nett. (Nach dem Bilde der Mutter empor-
weisend, in ernstem Sinnen.) Und die da oben!... Besinnst
du dich auf sie?

Marie (schüttelt den Kopf).

Magda (sinnend).

Starb zu früh! ... Wo bleibt Papa? Mir ist bange nach ihm! Und bange vor ihm ... Jetzt, mein Kind= chen, jetzt wird gebeichtet.

Marie.

Ich kann nicht.

Magda.

Zeig mir mal das Medaillon!

Marie (entschlossen).

Da!

Magda (öffnend).

Ein Lieutenant. Natürlich! Bei uns ist's immer ein Tenor.

Marie.

Ach, Magda, das ist kein Scherz. Das ist mein Schicksal.

Magda.

Wie nennt sich denn dieses Schicksal?

Marie.

Vetter Max ist's.

Magda (pfeift).

Warum heiratest du denn den guten Jungen nicht?

Marie.

Tante Fränzchen wünscht eine bessere Partie für ihn und gibt ihm darum die Kautionssumme nicht, die er haben muß. Solche Abscheulichkeit!

Magda.

Si. C'est bête ça! Und wie lange liebt ihr einander?

Marie.

Ach, das ist schon gar nicht mehr wahr.

Magda.

Und wie trefft ihr euch?

Marie.

Hier im Hause.

Magda.

Ich meine — abseits — unter vier Augen.

Marie.

Wir haben keine Heimlichkeiten miteinander. Ich glaube, diese Rücksicht ist man sich und seiner Würde schuldig.

Magda.

Komm mal her . . . Ganz dicht . . . Sag mal aufrichtig . . . Ist dir nie der Gedanke gekommen, diesen ganzen Plunder von Rücksicht und Würde von dir abzuschütteln und mit dem geliebten Manne auf und davon zu gehn — irgend wohin — ganz egal — und wenn du dann still daliegst, an seine Brust geschmiegt, ein — Hohngelächter anzustimmen über die ganze Welt, die hinter dir versunken ist?

Marie.

Nein, Magda, solche Gedanken kommen mir nicht.

Magba.

Aber sterben würdest du für ihn?

Marie (aufstehend und die Arme ausbreitend).

Tausend Tode würd' ich für ihn sterben.

Magba.

Mein armer Liebling! (Vor sich hin.) Alles machen sie zu nichte. Von der gewaltigsten aller Leidenschaften bleibt in ihrer Hand nichts übrig, als so ein blasses, entsagendes bißchen Sterben=wollen.

Marie.

Von wem sprichst du?

Magba.

Nichts, nichts! Du — wieviel macht denn diese sogenannte Kaution?

Marie.

Sechzigtausend Mark.

Magba.

Wann möchtest du heiraten? Muß es jetzt gleich sein, oder hat es bis Nachmittag Zeit?

Marie.

Treib doch keinen Spott mit meinem Kummer.

Magba.

Wenigstens Zeit zum Depeschieren mußt du mir doch lassen. Man kann doch so viel Geld nicht immer bei sich tragen.

Marie
(versteht langsam und sinkt dann mit dem jubelnden Aufschrei) Magda!
(zu ihren Füßen nieder).

Magda (nach einem Schweigen).

Werde glücklich — liebe deinen Mann! — Und wenn
du dein Erstes stolz auf deinen erhobenen Armen der Welt
ins Gesicht hältst — (mit zorniger Emphase die Hände ausstreckend) so ins Gesicht! — dann denke an eine, die . . .
Ach du glückseliges Menschenkind! (Erschreckend.) Man kommt!
Steh auf!

Fünfte Scene
Die Vorigen. Der Pfarrer (mit einer Mappe).

Magda (ihm entgegengehend).
Ah! Sie sind's. Das ist schön. Sie fehlten mir.

Pfarrer.
Ich? — Wozu?

Magda.
Nur so . . . Ich möcht' mit Ihnen schwatzen, Sie
heiliger Mann.

Pfarrer.
Also es thut gut, Fräulein Magda, wieder in der
Heimat sein?

Magda.
O ja — bis auf die alten Tanten, die da rum-
kriechen.

Sudermann, Heimat.   7

Marie

(die das Frühstückszeug zusammenräumt, erschrocken lachend).

Ach Gott, Magda!

Pfarrer.

Guten Morgen, Fräulein Mariechen.

Marie.

Guten Morgen, Herr Pfarrer. (Mit der Tablette ab.)

Sechste Scene.

Magda. Der Pfarrer.

Pfarrer.

Lieber Gott, wie sie strahlt!

Magda.

Hat auch Ursache dazu!

Pfarrer.

Ist Ihr Herr Vater nicht da?

Magda.

Nein.

Pfarrer.

Geht's ihm nicht gut?

Magda.

Ich denke. Hab' ihn noch nicht gesehen. Gestern
saßen wir noch lange beisammen. Was man so erzählen

kann, erzählt' ich. Aber ich glaube, er quält sich sehr. Seine Augen forschen immer und lauern. O, ich fürchte, Ihr Versprechen erfüllt sich schlecht.

Pfarrer.

Das klingt wie ein Vorwurf für mich. — Ich hoffe, Sie bereuen nicht, daß —

Magba.

Nein, mein Freund, ich bereue nicht. Aber es geht merkwürdig zu in mir. Ich sitze wie in einem lauen Bade, so weich und warm ist mir. Das sogenannte deutsche Gemüt, das spukt wieder, und ich hatt's mir schon so schön abgewöhnt. Mein Herz das sieht aus wie eine Weihnachtsnummer der Gartenlaube. — Mondschein, Verlobung, Lieutenants und was weiß ich! Aber das Schöne dabei ist: Ich weiß, ich spiele nur mit mir. Ich kann es wegwerfen, wie ein Kind seine Puppen wegwirft, und bin wieder die Alte.

Pfarrer.

Das wär' nicht gut für uns.

Magba.

Ach, ich bitte Sie, quälen Sie mich nicht. Es ist ja alles wund und aufgewühlt in mir. Und dann hab' ich eine Angst —

Pfarrer.

Wovor?

Magba.

Ich durfte nicht ... Gar nicht herkommen durft' ich. Ich bin eine Einbrecherin. (Leise, angstvoll.) Es braucht

nur ein Gespenst von da draußen hier aufzutauchen, und
dies Idyll geht in Flammen auf.

Pfarrer
(unterdrückt ein Zusammenzucken des Erschreckens).

Magda.

Und eng ist mir — eng — eng. — Ich fange an,
Feigheiten zu begehn. Denn ich muß mich künstlich kleiner
machen als ich bin, je mehr ich diese Gefühle groß ziehe.

Pfarrer.

Schämen Sie sich ihrer, Fräulein Magda? Der
Kindesliebe kann man sich doch nicht schämen, denk' ich.

Magda.

Kindesliebe? Ich möchte diesen eisgrauen Kopf am
liebsten in meinen Schoß nehmen und sagen: Du altes
Kind du. Und trotzdem muß ich mich bucken . . . Ich
mich bucken! Das bin ich nicht gewohnt. Denn in mir
steckt ein Hang zum Morden — zum Niedersingen. — Ich
singe so, oder ich lebe so, denn beides ist ein und das-
selbe — daß jeder Mensch wollen muß wie ich. Ich zwing'
ihn, ich kneble ihn, daß er liebt und leidet und jauchzt
und schluchzt wie ich. Und wehe dem, der sich da wehren
will. Niedersingen — in Grund und Boden singen, bis
er ein Sklave, ein Spielzeug wird in meiner Hand. Ich
weiß, das ist dumm, aber Sie verstehn schon, was ich
meine.

Pfarrer.

Das Aufprägen der eigenen Persönlichkeit, das meinen
Sie — nicht wahr?

Magda.

Si, si, si, si! Ach, Ihnen möcht' ich alles sagen. Sie sind gescheit, gescheit, — so einfältig Sie auch manchmal scheinen. Ihr Herz hat Fühlfäden für andre Herzen und umschlingt sie und zieht sie heran ... Und Sie thun es nicht für sich. Ja, Sie wissen vielleicht gar nicht, wie mächtig Sie sind. Und das ist schön, das ist tröstlich ... Die Männer da draußen sind Bestien, gleichviel ob man sie liebt oder haßt. Aber Sie sind ein Mensch. Und man fühlt sich als Mensch in Ihrer Nähe. Sehn Sie, als Sie gestern hereinkamen, da schienen Sie mir so klein. — Aber es wächst etwas aus Ihnen heraus und wird immer größer, beinahe zu groß für mich.

Pfarrer.

Du lieber Gott, was könnte das wohl sein?

Magda.

Wie soll ich's nennen — Selbsthingabe — Selbstentäußerung. Es ist etwas mit Selbst — oder vielmehr das Gegenteil davon. — Das imponiert mir. Und darum könnten Sie viel aus mir machen.

Pfarrer.

Wie das seltsam ist.

Magda.

Was?

Pfarrer.

Ich will's Ihnen gestehn ... Es ist — es ist ja Unsinn ... Aber seit ich Sie gestern abend wiedersah, da ist eine Art von Neid in mir erwacht, zu sein wie Sie.

Magda.

Hahaha! Sie Mustermensch! Zu sein wie ich.

Pfarrer.

Ja — ich — habe — vieles — abtöten müssen in mir — in meiner Seele. Mein Frieden, der ist wie der eines Leichnams. Und wie Sie gestern vor mir standen in Ihrer Ursprünglichkeit, Ihrer naiven Kraft, Ihrer — Ihrer Größe, da sagt' ich zu mir: Das ist das, was du vielleicht hättest werden können, wenn zur rechten Zeit die Freude in dein Leben getreten wäre.

Magda (flüsternd).

Und noch eins, mein Freund: die Schuld. Schuldig müssen wir werden, wenn wir wachsen wollen. Größer werden als unsre Sünde, das ist mehr wert als die Reinheit, die ihr predigt.

Pfarrer (betroffen).

Das wäre Ihr —

(Draußen Stimmen.)

Magda (zuckt zusammen, lauscht).

Scht!

Pfarrer.

Was haben Sie?

Magda.

Ach, es ist bloß die dumme Angst! — Nicht um meinetwillen, das glauben Sie mir — nur aus Mitleid

für diese da. (Seine Hand umklammernd.) Aber Freunde
bleiben wir?

Pfarrer.

So lang Sie mich brauchen können, —

Magda.

Und wenn ich Sie nicht mehr brauche?

Pfarrer.

Für mich ändert das nichts, Fräulein Magda.

(Will gehen, trifft in der Thür mit Schwartze zusammen.)

Siebente Scene.

Die Vorigen. Schwartze.

Schwartze.

Guten Morgen, mein lieber Pfarrer! Gehn Sie nur
voraus in die Laube. Ich komme nach. (Pfarrer ab.) Nun,
hast du gut geschlafen, mein Kind? (Küßt sie auf die Stirn.)

Magda.

Famos. In meiner alten Kammer fand sich auch
mein alter Kinderschlaf.

Schwartze.

Den hattest du verloren?

Magda.

Nun, du nicht?

Schwarze.

Man sagt, ein gutes Ge — — — Komm zu mir, mein Kind.

Magda.

Gern, Papa. — Nein, laß mich zu deinen Füßen sitzen. Da hab' ich deinen schönen weißen Bart dicht vor mir. — Wenn ich ihn seh', muß ich immer an die Weihnachtsnacht denken und an stille, eingeschneite Felder.

Schwarze.

Mein Kind, du weißt deine Worte schön zu setzen . . . Wenn du sprichst, glaubt man, ringsum Bilder zu sehn. Hierorts ist man nicht so gewandt . . . Dafür braucht man auch hier nichts zu verheimlichen.

Magda.

Da wären wir also . . . Sprich dich ruhig aus, Papa.

Schwarze.

Ja, das muß ich . . . Du weißt sehr wohl, welche Bedingung du dem Pfarrer für mich aufgetragen hast.

Magda.

Die du halten wirst?

Schwarze.

Was ich verspreche, pfleg' ich zu halten. Aber siehst du, der Argwohn — ich kann machen, was ich will, aber der Argwohn, der liegt wie ein Alp — — —

Magda.

Na, was argwöhnst du?

Schwarze.

Das weiß ich nicht ... Du bist ja wunder wie herrlich vor uns erschienen ... Doch Prunk und weltliche Ehre und — Gott weiß was! — blenden das Auge des Vaters nicht. Auch das warme Herz scheinst du dir ja bewahrt zu haben. Das glaubt man wenigstens, wenn man dich sprechen hört ... Aber in deinem Auge, da ist was, was mir nicht gefällt, und um die Mundwinkel herum, da sitzt der Hohn.

Magda.

Du lieber, guter, alter Papa!

Schwarze.

Siehst du! Selbst diese Zärtlichkeit war nicht die einer Tochter gegen ihren Vater. — Auf die Art tändelt man mit einem Kinde, ob es nun jung ist oder alt ... Und bin ich auch nur ein einfacher Soldat, lahm und verabschiedet, deinen Respekt fordre ich mir heim, mein Kind.

Magda (aufstehend).

Ich hab' ihn dir nie verweigert.

Schwarze.

Das ist gut ... Ah, das ist gut, meine Tochter ... Glaub mir, wir sind hier nicht so einfältig, wie es dir scheinen mag. — Auch wir haben Augen zu sehn und Ohren zu hören, daß der Geist des sittlichen Aufruhrs durch die Welt geht ... Die Saat, die in die Herzen fallen soll, fängt an zu faulen ... Was früher Sünde war, wird ihnen Gesetz ... Sieh, mein Kind, du gehst

jetzt bald weg, — weg. — — Wohin? — Ich weiß es nicht.
— Ob du wiederkommen wirst? — Aber wenn du wieder=
kommst, mich findest du im Grabe.

Magda.

O nicht doch, Papa.

Schwartze.

Nun, das steht in Gottes Hand. — Aber ich fleh' dich
an — komm her, mein Kind — ganz dicht — so! (er zieht
sie nieder und nimmt ihren Kopf zwischen seine Hände) ich fleh'
dich an — gib mir den Frieden für meine Sterbestunde.
Sag mir, daß du rein geblieben bist an Leib und Seele.
Und dann zieh gesegnet deines Wegs.

Magda.

Ich bin — mir treu geblieben, lieber Vater.

Schwartze.

Worin? Im Guten oder Bösen?

Magda.

In dem, was — für mich — das Gute war.

Schwartze (verständnislos).

In dem, was — für dich — das —?

Magda (aufstehend).

Und nun quäl dich doch nicht länger! Laß uns diese
paar Tage still genießen ... Sie werden ja rasch genug
zu Ende sein ...

Schwartze (brütend).

Ich möchte ja — ich möchte dich gern — und ich hab' dich ja auch lieb mit dem ganzen Schmerz, den ich um dich ausgestanden hab' — jahrelang. — (Drohend aufgerichtet.) Ich muß aber doch wissen, wer du bist.

Magda (abgewendet).

Lieber Vater —

(Es klingelt.)

Achte Scene.

Die Vorigen. Frau Schwartze.

Frau Schwartze (hereinstürzend).

Denkt euch, die Damen des Komitees sind da! Sie wollen uns persönlich beglückwünschen. Was meinst du, Leopold, ob man ihnen etwas vorsetzen darf?

Schwartze.

Ich geh' in den Garten, Auguste.

Frau Schwartze.

Um Gottes willen — die kommen doch gerade — du mußt doch die Gratulationen entgegennehmen.

Schwartze.

Ich kann nicht — nein — das kann ich nicht! (Ab nach links.)

Frau Schwartze.

Was hat der Vater?

Neunte Scene.

Magda. Frau Schwartze. Generalin von Klebs. Frau Landgerichtsdirektor Ellrich. Frau Schumann. Franziska.

Franziska (die Thür öffnend).

Belieben die Damen —

Generalin (Frau Schwartze die Hand reichend).

Welch ein glücklicher Tag für Sie, meine Liebe. Die ganze Stadt nimmt teil an dem freudigen Ereignis.

Frau Schwartze.

Erlauben Sie: meine Tochter — Frau Generalin von Klebs — Frau Gerichtsdirektor Ellrich — Frau Schumann.

Frau Schumann.

Ich bin nur eine einfache Kaufmannsfrau, aber —

Generalin.

Mein Mann wird sich die Ehre geben, später —

Frau Schwartze.

Wollen die Damen nicht Platz nehmen? (Man setzt sich.)

Franziska (mit Aplomb).

Ach, es ist wirklich ein freudiges Ereignis für die ganze Familie.

Generalin (steif, doch nicht unfreundlich).

Den Genüssen des Musikfestes stehn wir leider fern, mein Fräulein. Ich muß mir daher versagen, Ihnen die

Bewunderung, an die Sie wohl sehr gewöhnt sind, aus=
zusprechen.

Frau Schumann.

Hätten wir das geahnt, wir hätten uns gewiß Billets
besorgt.

Generalin.

Gedenken Sie längere Zeit hier zu verweilen?

Magda.

Das weiß ich wirklich nicht, gnädige Frau — oder —
Pardon! Excellenz?

Generalin.

Ich muß bitten — nein.

Magda.

O Verzeihung!

Generalin.

O bitte!

Magda.

Unsereins ist so sehr Wandervogel, gnädige Frau,
daß es über die Zukunft niemals recht verfügen kann.

Frau Ellrich.

Aber man muß doch sein trauliches Heim haben.

Magda.

Wozu? Einen Beruf muß man haben. Das scheint
mir genug.

Franziska.

Nun, das ist wohl Ansichtssache, liebe Magda.

Generalin.

Mein Gott, wir stehn ja hier diesen Ideen ziemlich fern, mein liebes Fräulein. Es kommt ja von Zeit zu Zeit eine Dame Vorträge halten, aber die guten Familien machen sich damit nichts zu schaffen.

Magda (höflich).

O, das kann ich verstehn. Die guten Familien haben satt zu essen.

(Schweigen.)

Frau Ellrich.

Aber Sie werden doch wenigstens eine Wohnung haben?

Magda.

Was man so nennt: eine Schlafstelle. Ja gewiß, ich habe eine Villa am Comersee und ein Landgut bei Neapel.

(Erstaunen.)

Frau Schwartze.

Davon hast du uns ja gar nichts gesagt.

Magda.

Ich kann ja nur selten Gebrauch davon machen, Mamachen.

Frau Ellrich.

Die Kunst ist wohl eine sehr anstrengende Beschäftigung?

Magda (freundlich).

Es kommt darauf an, wie man sie betreibt, gnädige Frau.

Frau Ellrich.

Meine Töchter nehmen auch Gesangstunde, und das strengt sie immer sehr an.

Magda (höflich).

O das bedaure ich.

Frau Ellrich.

Natürlich treiben sie das nur zu ihrem Vergnügen.

Magda.

Also viel Vergnügen! (Leise zu Frau Schwartze, die neben ihr sitzt.) Schaff mir diese Weiber vom Halse, sonst werd' ich grob.

Generalin.

Sind Sie eigentlich bei einem Theater engagiert, mein liebes Fräulein?

Magda (sehr liebenswürdig).

Zuweilen, gnädige Frau.

Generalin.

Dann sind Sie jetzt wohl ohne Engagement?

Magda (murmelnd).

Jesses, Jesses! — (laut) Ja, ich vagabundiere augenblicklich.

(Die Damen sehen sich an.)

Generalin.

Es sind wohl nicht viel Töchter aus guten Familien beim Theater?

Magda (freundlich).

Nein, gnädige Frau, die sind meistens zu dumm dazu.

Frau Schwartze.

Aber Magda!

Zehnte Scene.

Die Vorigen. Max.

Magda.

Ei, das ist ja Max! (Geht nach hinten und reicht ihm die Hand.) Denken Sie sich, Max, ich hatte Ihr Gesicht total vergessen . . . Oder, sagen Sie mal, haben wir uns damals nicht gedutzt?

Max (verwirrt).

Ich glaube kaum.

Magda.

Na, dann können wir uns ja jetzt dutzen.

Frau Ellrich (leise).

Verstehn Sie diesen Ton?

Generalin (zuckt die Achseln).

(Die Damen stehen auf und verabschieden sich, indem sie Frau Schwartze und Franziska die Hand reichen und sich vor Magda verbeugen.)

Frau Schwartze (betreten).

Wollen die Damen schon — mein Mann wird unendlich bedauern —

Magda (ungezwungen).

Auf Wiedersehn, meine Damen!

(Die Damen nach der Rangordnung ab.)

Elfte Scene.

Magda. Mar. Frau Schwartze. Franziska.

Frau Schwartze (von der Thür zurückkehrend).

Die Generalin war gekränkt, sonst wär' sie dageblieben. Magda, du hast die Generalin gewiß gekränkt.

Franziska.

Und auch die anderen Damen waren wie vor den Kopf gestoßen.

Magda.

Mamachen, wolltest du nicht meine Koffer besorgen?

Frau Schwartze.

Ja — ja, ich werde selbst zum Hotel gehn. O Gott, o Gott, o Gott! (Ab.)

Franziska.

Warte nur, ich komme mit. (Giftig.) Ich muß mich doch nützlich machen.

Magda.

Ach, Tante Fränzchen, ein Wort.

Franziska.

Nun?

Magda.

Heute wird Verlobung gefeiert.

Franziska.

Was für eine Verlobung?

Magda.

Zwischen dem da und Marien.

Max (mit einem freudigen Aufschrei).

Magda!

Franziska.

Ich denke, da ich Mutterstelle an ihm vertrete, so ist es mein Recht — hierüber —

Magda.

Nein, recht hat immer bloß der Gebende, liebe Tante. Und nun versäum dich nicht.

Franziska (wütend).

Das werd' ich dir — — (Ab.)

Zwölfte Scene.

Max. Magda.

Max.

Wie soll ich Ihnen danken, teuerste Cousine?

Magda.

Dir, mein süßer Vetter, dir, dir, dir!

Max.

Verzeihung, es ist der große Respekt, der —

Magda.

Nicht so viel Respekt, mein Junge, du gefällst mir nicht! Mehr Kaliber, mehr Persönlichkeit! weißt du.

Max.

Ach, liebe Cousine, ein kleiner Kommißlieutenant mit 25 Mark Zulage und ohne Schulden, der soll auch noch Persönlichkeit haben? Die würde mir nur hinderlich sein.

Magda.

Ach?

Max.

Wenn ich meinen Zug korrekt führe, auf den Bällen des Regiments einen korrekten Contre tanze und daneben noch ein wackrer Kerl bin, so ist das ganz genug. —

Magda.

Um eine Frau glücklich zu machen, gewiß. — Geh, such sie dir! Geh, geh!

Max (will gehen und kehrt um).

Verzeihung, in der großen Freude hab' ich ja ganz die Bestellung vergessen, die ich ... Heute früh ... nämlich, du glaubst gar nicht, in welchem Tumult deinetwegen die ganze Stadt sich befindet. Also heute früh — ich lag noch im Bette — da stürzt ein Bekannter zu mir herein, es ist auch ein alter Bekannter von dir — ganz blaß vor

lauter Aufregung und fragt, ob es wahr wäre, und ob
er kommen dürfte, sich dir vorstellen.

Magda

Na, laß ihn doch kommen.

Max.

Er bat aber direkt, ich möchte erst bei dir anfragen —
er würde dann vormittags seine Karte hereinschicken.

Magda.

Was die Menschen hier für Umstände machen! Wer
ist es denn?

Max.

Der Regierungsrat von Keller.

Magda (mühsam).

Der — ah so — der!

Max (lachend).

Verzeih, du bist ja genau so blaß geworden, wie
er. Mir scheint! mir scheint —

Magda (ruhig).

Ich? blaß?

(Therese bringt eine Karte.)

Max.

Das ist er. Doktor von Keller.

Magda.

Ich lasse bitten.

Max (lächelnd).

Ich sage dir nur, liebe Cousine, er ist ein hervor=
ragender Mann, der eine große Karriére vor sich hat,
und der eine Leuchte für unsere kirchlichen Bestrebungen
zu werden verspricht.

Magda.

Ich danke dir!

Dreizehnte Scene.

Die Vorigen. Keller (mit einem Blumensträußchen). Max.

Max (ihm entgegengehend).

Lieber Regierungsrat — hier ist meine Cousine, die
sich sehr freut. — Mich entschuldigen Sie wohl! —

(Mit zwei Verbeugungen ab.)

Vierzehnte Scene.

Magda. Keller.

(Keller bleibt an der Thür stehn. Magda geht erregt umher.
Schweigen.)

Magda (vor sich hin).

Da hätt' ich ja mein Gespenst.

(Weist auf einen Stuhl am Tische links und setzt sich gegenüber.)

Keller.

Vorerst gestatten Sie mir, Ihnen meinen wärmsten
und — allerinnigsten Glückwunsch auszusprechen. Das

ist ja eine Ueberraschung, wie sie freudiger nicht geahnt werden kann. — Und als Zeichen meiner Teilnahme gestatten Sie mir, teuerste Freundin, Ihnen diese bescheidenen Blüten zu überreichen.

Magda.

O, wie sinnig! (Nimmt lachend die Rosen und wirft sie auf den Tisch.)

Keller (betreten).

Ah — ich sehe mit Bedauern, daß Sie diese Annäherung meinerseits durchaus mißverstehn. — Habe ich es etwa an der nötigen Delikatesse fehlen lassen? Und außerdem wäre in diesen engen Verhältnissen ein Wiedersehn auch gar nicht zu vermeiden gewesen. Ich meine, es ist doch besser, meine teuerste Freundin, man spricht sich aus, man verabredet der Außenwelt gegenüber ein — ein —

Magda (aufstehend).

Sie haben recht, mein Lieber. — Ich stand nicht auf der Höhe — der Höhe meiner selbst ... Wär' das so weiter gegangen in mir, ich hätte Ihnen am Ende noch das verführte und verlassene Gretchen vorgespielt ... Es scheint, die Heimatsmoral färbt ab ... Aber ich hab' mich schon wieder. Geben wir uns mal brav die Hand ... Haben Sie keine Bange, ich thu' Ihnen nichts. So — ganz fest — so!

Keller.

Sie machen mich glücklich.

Magda.

Ich habe mir dieses Zusammentreffen tausendfach aus-
gemalt und bin seit Jahren darauf präpariert. Auch ahnte
mir wohl so was, als ich die Reise in die Heimat an-
trat ... Freilich, daß ich gerade hier das Vergnügen
haben würde — ja, wie kommt es, daß Sie nach dem,
was zwischen uns vorgefallen, die Schwelle dieses Hauses
übertreten haben? — — — Mir scheint das ein wenig —

Keller.

O, ich habe es bis vor kurzem zu vermeiden gesucht.
Aber da wir denselben Kreisen angehören und da ich zu-
dem den Anschauungen dieses Hauses nahe stehe — (ent-
schuldigend) wenigstens im Prinzip —

Magda.

Hm! Ja so! Laß dich mal anschaun, mein armer
Freund. Also das ist aus dir geworden!

Keller (verlegen lächelnd).

Mir scheint, ich habe den Vorzug, in Ihren Augen
so etwas wie eine komische Figur zu bilden.

Magda.

Nein, nein — o nein. — Das bringen die Dinge
so mit sich. Die Absicht, Amtswürde zu beobachten in
einer so amtswidrigen Situation, — — dann etwas be-
engt von wegen des schlechten Gewissens. Du siehst wohl
von der Höhe deines gereinigten Wandels sehr erhaben
auf deine sündige Jugend herab, denn man nennt dich
ja eine Leuchte, mein Freund.

Keller (nach der Thür sehend).

Verzeihung! ich kann mich an das trauliche „Du"
noch nicht wieder gewöhnen. — Und wenn man uns
hörte — wär' es nicht besser —

Magda (schmerzlich).

So hört man uns.

Keller (nach der Thür hin).

Um Gottes willen! — ach! (sich wieder setzend) Ja, was
ich sagen wollte: Wenn Sie eine Ahnung hätten, mit
welcher wahrhaften Sehnsucht ich aus diesem Nest heraus
an meine genial verlebte Jugend zurückdenke...

Magda (halb für sich).

Sehr genial — ja — sehr genial.

Keller.

Auch ich fühlte mich zu höheren Dingen berufen, auch
ich hatte — glaubte — — — Nun, ich will meine
Stellung nicht unterschätzen... Man ist ja schließlich
Regierungsrat und das in verhältnismäßig jungen Jahren.
Eine gewöhnliche Eitelkeit könnte sich darin wohl sonnen...
Aber da sitzt man und sitzt — und der wird ins Mini=
sterium berufen — und der wird ins Ministerium be=
rufen. Und dieses Dasein hier! Das Konventionelle und
die Enge der Begriffe — alles grau in grau! Na, und
die Frauen hier — — wer ein bißchen für Eleganz
ist — — — Nein, ich versichere Sie, wie es in mir auf=
jauchzte, als ich heute früh die Nachricht las, Sie wären

die berühmte Sängerin, Sie, an die sich für mich so liebe
Erinnerungen knüpfen, und — —

Magda.

Und da dachten Sie, ob man es mit Hilfe dieser
lieben Erinnerungen nicht wagen könnte, wieder etwas
Farbe in sein graues Dasein zu bringen?

Keller (lächelnd).

Ah — aber ich bitte Sie!

Magda.

Gott — unter alten Freunden.

Keller.

Aufrichtig — sind wir das wirklich?

Magda.

Wirklich! Sans rancune! — Ja, wenn ich auf dem
andern Standpunkte stehen wollte, dann müßte ich jetzt
das ganze Register herunterbeten: Lügner, Feigling, Ver=
räter! — Aber wie ich die Dinge nehme, bin ich dir nichts
wie Dank schuldig, mein Freund.

Keller (erfreut und verblüfft).

Das ist eine Auffassung, die —

Magda.

Die sehr bequem für dich ist. Aber warum soll ich
es dir nicht bequem machen? Nach der Art, wie wir uns
dort begegnet waren, hattest du gar keine Verpflichtung

gegen mich. Mit der Heimat hatte ich gebrochen — war
ein junges, unschuldiges Ding, heißblütig und aufsichtslos
und lebte, wie ich die andern leben sah. Ich gab mich dir
hin, weil ich dich liebte. Ich hätte vielleicht jeden andern
auch geliebt, der mir in die Quere gekommen wäre . . .
Es scheint, das muß durchgemacht werden. Und wir
waren ja auch so fidel — was?

Keller.

Ach, wenn ich daran denke! Das Herz geht einem auf.

Magda.

Tja, in der alten Bude — fünf Stock hoch — in
der Steinmetzstraße, da hausten wir drei Mädels so glücklich mit unserm bißchen Armut. Zwei gepumpte Klaviere
und abends Brot und Zwiebelfett . . . Das schmolz uns
Emmy eigenhändig auf ihrem Petroleumkocher. —

Keller.

Und Käthe mit ihren Couplets — ach Gott! — Was
ist aus den beiden geworden?

Magda.

Chi lo sà? Vielleicht geben sie Gesangsstunden, vielleicht mimen sie. Ja, ja, wir waren schon eine feine
Kompanie! Und als der Scherz ein halbes Jahr gedauert hatte, da war mein Herr Liebster eines Tages ver-
schwunden.

Keller.

Ein unglückseliger Zufall — ich kann's Ihnen be-
schwören. Mein Vater war erkrankt. Ich mußte ver-
reisen. Ich schrieb dir ja das alles.

Magda.

Hm! Ich mache dir ja keinen Vorwurf ... Und nun will ich dir auch sagen, weswegen ich dir Dank schuldig bin. — Ein dummes, ahnungsloses Ding war ich, das seine Freiheit genoß wie ein losgelassener Affe ... Durch dich aber wurd' ich zum Weibe. Was ich in meiner Kunst erreicht habe, was meine Persönlichkeit vermag, alles verdank' ich dir ... Meine Seele war wie ... ja, hier unten im Keller lag früher immer eine alte Windharfe, die man dort vermodern ließ, weil mein Vater sie nicht leiden konnte. So eine Windharfe im Keller, das war meine Seele ... Und durch dich wurde sie dem Sturme preisgegeben. — Und er hat darauf gespielt bis zum Zerreißen ... Die ganze Skala der Empfindungen, die uns Weiber erst zu Vollmenschen machen. — Liebe und Haß und Racheburst und Ehrgeiz (aufspringend) und Not, Not, Not, — dreimal Not — und das Höchste, das Heißeste, das Heiligste von allem — die Mutterliebe verdank' ich dir.

Keller.

Wa — was sagen Sie?

Magda.

Ja, mein Freund, nach Emmy und Käthe hast du dich erkundigt, aber nach deinem Kinde nicht.

Keller (aufstehend und sich ängstlich umsehend).

Nach meinem Kinde?

Magda.

Deinem Kinde? Wer hat das gesagt? Deinem! Hahaha! Du solltest es nur wagen, Anspruch darauf zu erheben. Kalt machen würd' ich dich mit diesen Händen! Wer bist du? Du bist ein fremder Herr, der seine Lüste spazieren führte und lächelnd weiterging ... Ich aber habe mein Kind, meine Sonne, meinen Gott, mein alles, — für das ich lebte und hungerte und fror und auf der Straße herumirrte, für das ich in Tingeltangeln sang und tanzte — denn mein Kind das schrie nach Brot! (Bricht in ein konvulsivisches Lachen aus, das in Weinen übergeht, wirft sich auf einen Sitz rechts.)

Keller (nach einem Schweigen).

Sie sehn mich tief erschüttert ... Hätte ich ahnen können. Ja, hätte ich ahnen können. Ich will ja alles thun, ich bebe vor keiner Art von Genugthuung zurück. Aber jetzt flehe ich Sie an: Beruhigen Sie sich ... Man weiß, daß ich hier bin ... Wenn man uns so sähe, ich wäre (sich verbessernd) — Sie wären ja verloren.

Magda.

Haben Sie keine Bange — ich werde Sie nicht kompromittieren.

Keller.

O, von mir ist ja nicht die Rede. Durchaus nicht. Aber bedenken Sie nur — wenn es ruchbar würde — was würde die Stadt und Ihr Vater —

Magda.

Der arme, alte Mann! So oder so, sein Friede ist vernichtet.

Keller.

Bedenken Sie doch: je glänzender Sie jetzt dastehn, desto mehr richten Sie sich zu Grunde.

Magda (sinnlos).

Und wenn ich mich zu Grunde richten will? Wenn ich —

Keller.

Um Gottes willen — hören Sie doch. Man kommt!

Magda (aufspringend).

Man soll kommen! Alle sollen sie kommen! Das ist mir egal. Das ist mir ganz egal! Ins Gesicht will ich's ihnen sagen, was ich denke von dir und euch und eurer ganzen bürgerlichen Gesittung ... Warum soll ich schlechter sein als ihr, daß ich mein Dasein unter euch nur durch eine Lüge fristen kann? Warum soll dieser Goldplunder auf meinem Leibe und der Glanz, der meinen Namen umgibt, meine Schande noch vergrößern? Hab' ich nicht dran gearbeitet früh und spät zehn Jahre lang? (An ihrer Taille zerrend.) Hab ich dieses Kleid nicht gewebt mit dem Schlaf meiner Nächte? Hab' ich meine Existenz nicht aufgebaut Ton um Ton wie tausend andre meines Schlages Nadelstich um Nadelstich? Warum soll ich vor irgend wem erröten? Ich bin ich — und durch mich selbst geworden, was ich bin.

Keller.

Gut! Sie mögen ja so stolz dastehn, aber dann nehmen Sie wenigstens Rücksicht —

Magba.

Auf wen? (Da Keller schweigt.) Auf wen? ... die Leuchte! Hahahaha, die Leuchte hat Angst, ausgepustet zu werden. Sei zufrieden, mein Lieber, ich hege keinen Rachegedanken. Aber wenn ich dich ansehe in deiner ganzen feigen Herrlichkeit — unfähig, auch nur die kleinste Konsequenz deiner Handlungen auf dich zu nehmen, und mich dagegen, die ich zum Pariaweibe herabsank durch deine Liebe und ausgestoßen wurde aus jeder ehrlichen Gemeinschaft — — — Aech! Ich schäme mich deiner! — Pfui!

Keller.

Da! — Um Gottes willen! Ihr Vater! Wenn er Sie in diesem Zustande sieht!

Magba (schmerzgequält).

Mein Vater! (Flieht, das Taschentuch vors Gesicht schlagend, durch die Thür des Speisezimmers.)

Fünfzehnte Scene.

Schwartze. Keller.

Schwartze
(in freudiger Erregung durch die Flurthür eintretend, gerade als Magba abgeht).

Ah, lieber Herr Re — — — war das meine Tochter, die da eben verschwand?

Keller (in großer Verwirrung).

Ja, es war —

Schwarße.

Was hat denn die vor mir davonzulaufen? (Hinterher rufend.) Magda!

Keller (versucht, ihm in den Weg zu treten).

Ach, wollen Sie nicht lieber — das gnädige Fräulein wünschte dringend, etwas allein zu sein.

Schwarße.

Nanu? Warum denn? Wenn man Besuch hat, wünscht man doch nicht — — — Was sind das für —

Keller.

Ach — sie fühlte sich ein wenig — erregt. —

Schwarße.

Erregt?

Keller.

Jawohl. — Nichts weiter.

Schwarße.

Wer war denn sonst noch hier?

Keller.

Niemand — wenigstens nicht, daß ich wüßte.

Schwarße.

Na, was sind denn für erregende Dinge zwischen Ihnen verhandelt worden?

Keller.

Ach, nichts von Belang — durchaus nichts — ich versichre Sie.

Schwartze.

Wie sehn Sie denn aus? Sie halten sich ja kaum auf den Beinen!

Keller.

Ich? — Ah! Sie irren sich! — effektiv — Sie irren sich.

Schwartze.

Ja, Herr Regierungsrat, eine Frage: Sie sind ja wohl mit meiner Tochter — bitte, nehmen Sie Platz!

Keller.

Meine Zeit ist leider —

Schwartze (beinahe drohend).

Ich bitte Sie, Platz zu nehmen.

Keller (der nicht zu widersprechen wagt).

Ich danke. (Setzen sich.)

Schwartze.

Sie sind vor einer Reihe von Jahren mit meiner Tochter in Berlin zusammengetroffen?

Keller.

Allerdings.

Schwartze.

Herr Regierungsrat, ich kenne Sie als einen ebenso streng gesinnten wie diskreten Mann — — Aber es gibt

Fälle, wo Schweigen geradezu ein Verbrechen wird. Ich
frage Sie — und Ihr jahrelanges Verhalten gegen mich
macht mir diese Frage zur Pflicht, ebenso wie das rätsel=
hafte — das, was ich eben — kurz: ich frage Sie: Wissen
Sie etwas Ungünstiges über das damalige Leben meiner
Tochter?

Keller.

O — um Gottes willen — wie — wie können Sie —

Schwartze.

Wie und wovon sie lebte, wissen Sie nicht?

Keller.

Nein! Ist mir absolut —

Schwartze.

Haben Sie sie nie in ihrer Behausung aufgesucht?

Keller (immer verwirrter).

O, nie, nie! Nein, nie!

Schwartze.

Niemals?

Keller.

Das heißt, ich habe sie einmal abgeholt, aber —

Schwartze.

Ihre Beziehungen waren also freundschaftliche?

Keller (beteuernd).

O durchaus freundschaftliche — natürlich nur freund=
schaftliche.

(Pause.)

Schwartze

(faßt sich an die Stirn, fixiert Keller, dann wie abwesend).

Hä? Dann freilich — wenn die Dinge vielleicht —
Wenn Sie — wenn — wenn — (Steht auf, geht auf
Keller zu und setzt sich nieder, bemüht, sich zur Ruhe zu zwingen.)
Herr von Keller, wir leben beide in einer Welt, in welcher
Ungeheuerlichkeiten — sich nicht ereignen können. Aber
ich bin alt geworden — recht alt. Und das macht, ich
kann meine Gedanken nicht so — so dirigieren, wie ich —
wohl möchte ... Und ich kann mich da — gegen — einen
— einen Verdacht nicht wehren, der mir plötzlich — der
da herumspukt ... Ich habe in diesem Augenblick eine
große Freude gehabt ... die will ich mir nicht gleich durch
so was vergällen lassen ... Und einem alten Mann zur
Beruhigung bitt' ich Sie herzlich — geben Sie mir Ihr
Ehrenwort, daß —

Keller (aufstehend).

Pardon, das sieht ja fast wie — wie ein Verhör aus.

Schwartze.

Wissen Sie denn überhaupt, um was — was ich
Sie —

Keller.

Pardon! Ich weiß nichts. Ich will nichts wissen.
Ich bin ganz harmlos hergekommen, Ihnen einen freund=
schaftlichen Besuch abzustatten ... Und Sie überfallen mich
da ... Ich muß Ihnen sagen, ich lasse mich nicht über=
fallen. (Nimmt seinen Hut.)

Schwarze.

Herr Doktor von Keller, haben Sie sich auch klar gemacht, was diese Weigerung bedeutet?

Keller.

Pardon! Wenn Sie etwas wissen wollen, so bitte ich Sie freundlichst, Ihr Fräulein Tochter zu befragen. — Die wird Ihnen ja dann schon sagen, was — e, was — e — — Und jetzt bitte ich, mich verabschieden zu dürfen... Meine Wohnung ist Ihnen ja wohl bekannt, ich meine — für den Fall — daß — e — — Ich bedaure, daß das so gekommen ist, aber — e — — Herr Oberstlieutenant, ich habe die Ehre! (Ab.)

Sechzehnte Scene.

Schwarze (allein. Dann) **Marie.**

Schwarze
(sitzt eine Weile brütend, in sich zusammengesunken da, dann jäh aufschreiend).

Magda!

Marie (ängstlich hereinlaufend).

Um Gottes willen — was ist?

Schwarze (würgend).

Magda — Magda soll herkommen.

Marie
(geht zur Thür, öffnet sie und kehrt hinausschauend um).

Sie kommt — schon — die Treppe herunter.

Schwartze.

So! (Richtet sich mühsam auf.)

Marie (die Hände faltend).

Thu ihr nichts!

(Pause bei offener Thür. Man sieht Magda die Treppe herabkommen.)

Siebzehnte Scene.

Die Vorigen. Magda.

Magda
(im Reisekleide, den Hut in der Hand — sehr bleich, aber mit eiserner Ruhe).

Ich hörte dich rufen, Vater.

Schwartze.

Ich — habe — mit dir — zu reden.

Magda.

Und ich mit dir!

Schwartze.

Geh voran — in mein Zimmer.

Magda.

Ja, Vater!

(Sie geht zur Thür links. Schwartze folgt ihr. Marie, die sich ver=
schüchtert in die Speisezimmerthür zurückgezogen hat, macht eine
flehende Bewegung, welche er nicht beachtet.)

(Der Vorhang fällt.)

Vierter Akt.

(Dieselbe Scenerie.)

Erste Scene.

Frau Schwartze. Marie.

Frau Schwartze
(in Hut und Mantel, an die Thür links pochend).

Leopold! — — Jesus, mein Jesus, ich wag' es gar nicht, reinzugehn.

Marie.

Nein, nein, thu es nicht! Wenn du ihn gesehn hättst!

Frau Schwartze.

Und seit einer halben Stunde sind sie da drin, sagst du?

Marie.

Ja, so lang wird es sein.

Frau Schwartze.

Jetzt spricht sie! (Lauscht und erschrickt.) O Gott, wie er sie anschreit! Mariechen, hör zu! Lauf in den

Garten. — Dort sitzt der Pfarrer in der Laube — erzähl ihm alles — auch von Herrn von Keller, daß er vorher hier gewesen ist — und bitt ihn, er möchte ganz rasch raufkommen.

Marie.

Ja, Mamachen! (Eilt zur Flurthür.)

Frau Schwartze (sie zurückrufend).

Noch eins, Mariechen! Hat Therese auch nichts ge=merkt, damit es keinen Klatsch gibt?

Marie.

Ich hab' sie gleich fortgeschickt, Mamachen.

Frau Schwartze.

O dann ist gut! Dann ist gut!

(Marie ab.)

Frau Schwartze (klopft wieder).

Leopold, — höre doch, Leopold! (Zurückweichend.) O Gott, er kommt!

Zweite Scene.

Frau Schwartze. Schwartze. (Später) Magda.

Schwartze
(kommt wankend und entstellt hereingestürzt).

Frau Schwartze.

Leopold, wie siehst du aus?

Schwartze (in einen Stuhl sinkend).

Ja, ja — das ist so — wie mit den Rosen. Kommt so das Messer — und kappt die Geschichte — und man verbindet die Wunde nicht ... Was sag' ich — da? — was —

Frau Schwartze.

Er verliert den Verstand!

Schwartze.

Nein, nein, ich verlier' nicht den Verstand ... Nein. Ich weiß ganz gut, was ... ich weiß ganz gut.

Magda (erscheint in der Thür links).

Frau Schwartze (ihr entgegen).

Was hast du ihm gethan?

Schwartze.

Ja — was hast du — was hast du? ... Das ist meine Tochter! — Was fang' ich jetzt mit meiner Tochter an?

Magda (bescheiden, fast bittend).

Ja Vater, wär' es nicht das beste nach allem, was geschehn, du wiesest mir die Thür, du jagtest mich auf die Straße? Lossagen mußt du dich ja doch von mir — wenn dies Haus wieder rein werden soll.

Schwartze.

So, so so ... Du meinst also, du brauchst bloß zu gehn — da raus zu gehn! — und alles ist wieder beim alten? ... Und das hier? Und wir alle hier? ... Was

soll aus uns werden? ... Ich — ach Gott — ich —
ich fahr' eben in meine Grube — dann is aus — aber
hier — die Mutter und — deine Schwester — — deine
Schwester.

Magda.

Marie hat den Mann, den sie braucht. —

Schwartze.

Man heiratet kein Mädchen, das so eine Schwester
hat. (Voll Ekel.) Ne, ne, ne. Nicht anrühren so was.

Magda (für sich).

Mein Gott, mein Gott!

Schwartze (zu Frau Schwartze).

Siehst du — nu fängt sie an zu kapieren, was sie
verbrochen hat.

Frau Schwartze.

Ja, was —

Magda
(in zärtlichem Mitleid, doch immer noch mit einem Rest innerer
Ueberlegenheit).

Mein armes, altes Väterchen — hör mich an ...
Ich kann ja nicht mehr ändern, was geschehn ist ... Ich
will — Marien mein halbes Vermögen überlassen — ich
will allen tausendfach vergelten, was ich euch heut' an
Schmerz zugefügt hab' ... Aber jetzt — ich bitt' euch —
laßt mich meiner Wege gehn.

Schwartze.

Oho!

Magda.

Denn was wollt ihr von mir? Was hab' ich euch gethan? Gestern um diese Zeit wußtet ihr noch nicht, ob ich überhaupt auf der Welt war — und heute — Das ist doch Wahnsinn, wenn ihr von mir verlangt, ich solle wieder denken und fühlen wie ihr, — aber ich habe Angst vor dir, Vater, Angst vor diesem Hause . . . Ich bin nicht dieselbe mehr — ich traue mir nicht mehr . . . (In Qual losbrechend.) Ich — kann — den Jammer nicht ertragen —

Schwartze.

Hahahaha!

Magda.

Sieh, lieber Vater, ich will mich gern bemütigen vor dir . . . ich beklage auch alles von ganzer Seele, weil es euch heute Kummer macht, denn mein Fleisch und Blut gehört ja nun einmal zu euch. — Aber ich muß doch das Leben weiterleben, das ich mir geschaffen hab'! — Das bin ich mir doch schuldig — mir und meinem — — Lebt wohl! . . .

Schwartze (ihr den Weg vertretend).

Wo willst du hin?

Magda.

Laß mich, Vater!

Schwartze.

Eher erwürg' ich dich mit . . . (packt sie).

Frau Schwartze.

Leopold!

Dritte Scene.

Die Vorigen. Der Pfarrer.

Pfarrer (wirft sich mit einem Ausruf des Schreckens dazwischen).

Magda

(vom Alten freigelassen, geht langsam, die Blicke auf den Pfarrer geheftet, zurück und sinkt in den Sessel links, wo sie während des Folgenden fast regungslos bleibt).

Pfarrer (nach einem Schweigen).

Um Gottes willen!

Schwarte.

Ja, ja, ja, Pfarrerchen . . . Das war wohl eben ein schönes Familienbild. Hä? Sehen Sie mal die da. Besudelt hat sie meinen Namen. Jeder Lump kann mir den Degen zerbrechen. Das ist meine Tochter. Das ist — meine —

Pfarrer.

Lieber Herr Oberstlieutenant, es gibt hier Dinge, die ich nicht weiß und nicht wissen will . . . Aber ich sage mir — es muß doch etwas zu thun sein, anstatt daß man — man —

Schwarte.

Ja, zu thun — ja, ja — hier ist viel zu thun . . . Ich hab' auch viel zu thun . . . Ich seh' auch gar nicht ein, warum ich hier steh' . . . Es ist ja schlimm — is ja schlimm — er kann mir ja sagen, der Herr, du bist — ein Krüppel — mit deiner zitternden Hand . . . Mit so was schlägt man sich nicht . . . hat man auch tausendmal

die Tochter zur ... aber ich werb's ihm beweisen ...
ich werb's ihm beweisen ... Wo ist mein Hut?

Frau Schwartze.

Wo willst du hin, Leopold? (Magda erhebt sich.)

Schwartze.

Mein Hut! —

Frau Schwartze (bringt ihm Hut und Stock).
Hier, hier.

Schwartze.

So! — (Zu Magda.) Lern du dem Herrgott danken, an
den du nicht glaubst, daß er dir deinen Vater bis heute
gelassen hat. Heute holt er dir deine Ehre zurück!

Magda
(in dem Sessel niederknieend und seine Hand küssend).
Vater, thu's nicht! Das verdien' ich nicht um dich!

Schwartze
(neigt sich weinend auf ihren Scheitel nieder).
Mein armes, armes Kind! (Zur Thür.)

Magda (ihm nachrufend).
Vater!

(Schwartze rasch ab.)

Vierte Scene.

Frau Schwartze. Der Pfarrer. Magda.

Frau Schwartze.

Mein Kindchen, was auch gewesen sein mag, wir Frauen — wir müssen ja zusammenhalten.

Magda.

Schön Dank, Mamachen. — Der Scherz wird ja rasch genug zu Ende sein. (Setzt sich.)

Pfarrer.

Frau Oberstlieutenant, draußen ist Mariechen voll Angst. Gehn Sie, sagen Sie dem Kinde ein gutes Wort.

Frau Schwartze.

Was soll ich dem Kinde sagen, Herr Pfarrer, wenn es sein Lebensglück verloren hat?

Magda (fährt schmerzvoll auf).

Frau Schwartze.

Ach, Herr Pfarrer, Herr Pfarrer! (Ab.)

Fünfte Scene.

Magda. Der Pfarrer.

Magda (nach einem Schweigen).

Ach, ich bin müde!

Pfarrer.

Fräulein Magda!

Magda (brütend).

Ich glaube, ich werde diese grellen, blutunterlaufenen Augen jetzt immer vor mir sehn, wo ich geh' und steh' — wo ich geh' und steh'.

Pfarrer.

Fräulein Magda!

Magda.

Sie verachten mich wohl sehr — hä?

Pfarrer.

Ach, Fräulein Magda, das Verachten hab' ich mir schon lange abgewöhnt. — Wir sind alle arme Schächer.

Magda (mit bitterem Lachen).

Ja, wahrhaftig, das sind wir ... Ach, ich bin müde! ... Es drückt mir auf den Kopf. Mein Leben drückt mir auf den Kopf. Da geht der alte Mann nun hin und will sich totschießen lassen um meinetwillen! Hä! Wenn er all meine Sünden abbüßen wollte mit dem eigenen Leibe! — — Ach, ich bin müde.

Pfarrer.

Fräulein Magda — ich ahne ja bloß — was hier vorliegt ... Aber Sie haben mir das Recht gegeben, als ein Freund mit Ihnen zu reden. Und ich fühl', ich bin mehr als das. Ich bin wie Ihr Mitschuldiger, Fräulein Magda.

Magda.

Mein Gott! Quält er sich auch noch!

Pfarrer.

Fühlen Sie die Verpflichtung, Fräulein Magda, Ihrem Elternhause Ehre und Frieden wiederzugeben?

Magda (in ausbrechender Qual).

Sie haben den Jammer mit erlebt und fragen noch, ob ich das fühle?

Pfarrer.

Wie ich die Dinge ansehe, wird Ihr Vater von jenem Herrn die Erklärung bekommen, daß er zu jeder Art von friedlicher Genugthuung bereit ist.

Magda.

Hahaha! Diese edle Seele! Aber was geht mich das an?

Pfarrer.

Sie dürfen — die Hand nicht ausschlagen — die er Ihnen anbieten wird.

Magda.

Was? Das ist doch nicht ... Ich soll diesen Menschen, diesen fremden Menschen, den ich überschaue — wie — wie — den soll ich —

Pfarrer.

Liebes Fräulein Magda, es gibt fast für jeden eine Stunde, wo er die Scherben seines Lebens sammelt, um sich daraus ein neues zusammenzuleimen. Ich hab' das kennen gelernt. Jetzt ist die Reihe an Ihnen.

Magda.

Ich will nicht. Ich will nicht.

Pfarrer.

Sie werden müssen.

Magda.

Eher nehm' ich mein Kind in den Arm und geh' in
den See.

Pfarrer

(bezwingt ein heftiges Zusammenschrecken — nach einem Schweigen,
heiser).

Das ist — dann — freilich die einfachste Lösung —
und Ihr Vater kann Ihnen folgen.

Magda.

Erbarmen Sie sich! Ich muß ja thun, was Sie
wollen. Ich weiß nicht, woher Sie diese Macht über mich
nehmen . . . Mensch, lieber, wenn noch eine leise Erinne=
rung an das, was Sie einmal gefühlt haben, in Ihnen
lebt, wenn Sie noch einen Funken Pietät haben für Ihre
eigene Jugend, dann können Sie mich nicht hinopfern
wollen.

Pfarrer.

Ich opfere ja nicht Sie allein, Fräulein Magda.

Magda (in erwachender Ahnung).

O, mein Gott!

Pfarrer.

Es gibt keinen Ausweg. Ich seh' keinen. Daß der
alte Mann das nicht überleben würde, nun das versteht
sich von selbst. Und was für Ihre Mutter dann bleibt,
und was aus Ihrer armen Schwester wird — Fräulein
Magda, das ist ja, wie wenn Sie mit eigner Hand Feuer

an dies Haus legten und alles verbrennen ließen, was
drin ist. Und dies Haus ist doch Ihre Heimat . . .

Magba (in wachsender Angst).

Ich will nicht! Ich will nicht! . . . Dies Haus ist
nicht meine Heimat . . . Meine Heimat ist, wo mein Kind
ist, wo mein Kind ist.

Pfarrer.

Ja, dies Kind! Das wird heranwachsen — — vater=
los — und wird dann gefragt werden: Wo ist dein Vater?
Und wird Sie fragen kommen: Wo ist mein Vater? . . .
Was werden Sie ihm dann erwidern können? — Und,
Fräulein Magba, wer nicht Ordnung hat in seinem Herzen
von Anbeginn, dessen Herz verlottert.

Magba.

Das ist ja alles nicht wahr . . . Und wenn es wahr
wäre — Hab' ich nicht a u ch ein Herz? — Leb' ich nicht
a u ch ein Leben? . . . Bin ich nicht auch um meiner
s e l b st willen da?

Pfarrer (hart).

Nein, das ist niemand. Aber thun Sie, was Sie
wollen. Verderben Sie Ihre Heimat, verderben Sie
Vater und Schwester und Kind, und dann versuchen Sie,
ob Sie den Mut haben, um Ihrer selbst willen da zu sein.

Magba (verbirgt schluchzend ihr Gesicht).

Pfarrer
(ihr gegenübertretend, fährt über den Tisch weg mitleidig mit der
Hand über ihr Haar).

Mein armes —

Magba (biefe Hand ergreifend).

Beantworten Sie mir eine Frage. — Sie haben Ihr Lebensglück geopfert um meinetwillen. Glauben Sie noch heute — trotz allem, was Sie von mir wissen und was Sie nicht wissen, — daß ich dieses Opfers wert gewesen bin?

Pfarrer (gepreßt, als spräche er ein Geständnis).

Ich sagte schon, ich bin wie Ihr — Mitschuldiger, Fräulein Magba.

Magba (nach einer Pause).

Ich werde thun, was Sie verlangen.

Pfarrer.

Ich danke Ihnen.

Magba.

Leben Sie wohl!

Pfarrer.

Leben Sie wohl! (Ab. Man sieht durch die geöffnete Thür, wie er mit Marien spricht und sie hereinschickt.)

Magba
(bleibt, das Gesicht in den Händen, regungslos, bis er fort ist).

Sechste Scene.
Magba. Marie.

Marie.

Was darf ich, Magba?

Magba.

Wohin ging der Pfarrer?

Marie.

In den Garten. Mama ist mit ihm.

Magda.

Du, wenn der Vater nach mir sucht, (mit dem Kopf nach links weisend) ich warte da. (Will ab.)

Marie.

Und für mich — hast du kein Wort — übrig, Magda?

Magda.

Ach so! Sei unbesorgt. (Küßt sie auf die Stirn.) Es wird jetzt alles gut ... Ganz gut ... nein, nein, nein. (In müder Bitterkeit.) Es wird jetzt alles —. — ganz — gut. —

(Ab nach links. Marie zum Speisezimmer.)

Siebente Scene.

Schwartze. (Dann) Max.

(Schwartze, allein, holt pfeifend einen Pistolenkasten hervor, schließt ihn auf, prüft eine Pistole, spannt mühsam den Hahn, untersucht den Lauf, zielt nach einem Punkte der Wand, wobei das Zittern des Armes stark bemerkbar wird — klopft sich wütend auf den Arm, — läßt brütend die Pistole sinken. Max tritt ein.)

Schwartze (der sich nicht umwendet).

Wer da?

Max.

Ich, Onkel!

Schwarze.

Max — aha — kannst reinkommen!

Max.

Onkel, Marie sagte mir — Onkel, was sollen die Pistolen?

Schwarze.

Ja, das waren mal schöne Pistolen! Das waren famose Pistolen. Du, Junge, damit hab' ich jedes Coeur=As rausgeschossen bis auf 20 — na, sagen wir 15 Schritt ... Und 15 genügt ... Du, das müssen wir doch gleich mal im Garten, — — aber — (hilflos, tippt auf den zitternden Arm, das Gesicht zum Weinen verziehend) aber — das — will — nicht mehr. —

Max (auf ihn zueilend).

Onkel! (Sie halten sich einen Augenblick umschlungen.)

Schwarze.

Na, na, is schon gut — is schon gut!

Max.

Onkel, daß ich statt deiner da bin, daß ich jeden, den du mir mit dem Finger bezeichnest, vor meine Pistole stelle, das versteht sich doch von selbst, das ist doch mein Recht?

Schwarze.

Dein — Nanu? Als was? — — willst du dich etwa in eine geschändete Familie reinheiraten — hä?

Max.

Onkel!

Schwartze.

Du willst also — den Rock unsres Regiments — den willst du an den Nagel hängen und in Civil rum= lappen? — Na, da können wir ja zusammen einen Spiel= salon aufmachen, oder wir werfen uns aufs Güteraus= schlachten ... Daneben so'n bißchen Lebensversicherung, Agent — Kommissionär — was weiß ich ... du mit deinem schönen abligen Namen treibst die Opfer zu — und ich rupfe. Hä — hä — hä ... Nein, mein Jung= chen, selbst wenn du noch wolltest, ich will nicht ... Dies Haus mit allem, was drin sitzt, ist zu Grunde ge= richtet. Drum geh deiner Wege ... Mit der Schwartze= schen Sippschaft hast du nichts zu schaffen.

Max.

Onkel, jetzt fordere ich von dir —

Schwartze.

Stille! Sonst! (Weist nach der Thür.) ... Uebrigens, ich kann dich brauchen, wie man seine Freunde braucht, wenn man so 'ne Sache vorhat, aber noch nicht. Noch nicht. Erst stell' ich mir den Herrn ... War nicht zu Hause ... Er war nicht zu Hause, der Herr! ... Aber er soll nicht etwa denken, er entwischt mir! ... Ist er auch zum zweitenmal nicht zu Hause, dann, mein Sohn, beginnt dein Amt ... Bis dahin hab hübsch Geduld ... Hab hübsch Geduld!

Therese (vom Flur hereinkommend).

Der Herr Regierungsrat von Keller!

(Schwartze fährt zurück.)

Max.

Also der! Jetzt — — —

Schwartze.

Ich lasse bitten! (Therese ab.)

Max.

Onkel! (weist in großer Erregung auf sich).

Schwartze
(verneint — winkt ihm hinauszugehen).

Achte Scene.

Schwartze. Keller.

Keller
(trifft in der Thür mit dem hinausgehenden Max zusammen, den er verbindlich grüßt, und der ihn herausfordernd mißt).

Keller.

Herr Oberstlieutenant, ich bin untröstlich, Sie verfehlt zu haben. Als ich aus dem Kasino heimkam, wo ich mittags stets zu finden bin — wie gesagt, immer zu finden — da lag Ihre Karte auf dem Tisch — und da ich annehme, daß Dinge von Wichtigkeit zwischen uns zu verhandeln sind, so beeile ich mich — wie gesagt, ich habe mich beeilt —

Schwartze.

Herr Regierungsrat, ich weiß noch nicht, ob in diesem Hause ein Stuhl für Sie da ist, aber da Sie den Weg

hierher so rasch gefunden haben, so werden Sie müde sein.
Ich bitte, setzen Sie sich.

Keller.

Ich danke! (Setzt sich neben den offen gebliebenen Pistolen=
kasten, sieht hinein, stutzt, sieht den Oberstlieutenant ungewiß an,
überlegend.) Hm!

Schwartze.

Nun, sollten Sie mir nichts zu sagen haben?

Keller.

Gestatten Sie mir zuvor eine Frage: Hat Ihr Fräu=
lein Tochter Ihnen nach unsrem Gespräche über mich Mit=
teilungen gemacht?

Schwartze.

Herr Regierungsrat, sollten Sie mir nichts zu sagen
haben?

Keller.

O gewiß, ich hätte Ihnen manches zu sagen. Ich
würde mich z. B. glücklich schätzen, Ihnen einen Wunsch,
eine Bitte vortragen zu dürfen — aber ich weiß nicht
recht, ob ... wollen Sie mir wenigstens das eine sagen:
Hat Ihr Fräulein Tochter sich in einigermaßen günstiger
Weise über mich ausgesprochen?

Schwartze (auffahrend).

Ich will wissen, Herr, wie ich mit Ihnen dran bin —
als was ich Sie hier zu behandeln habe?

Keller.

Ah so, Pardon, jetzt bin ich im klaren (zu einer Rede
ausholend) Herr Oberstlieutenant, Sie sehen in mir einen

Mann, der es mit seinem Leben ernst nimmt ... die Tage einer leichtlebigen Jugend — (Schwarze blickt zornig auf) Pardon, ich wollte sagen, seit heute früh ist ein heiliger und — wenn ich so sagen darf — freudiger Entschluß in mir gereift. Herr Oberstlieutenant, ich bin kein Mann der vielen Worte. Ich gehe gerad auf mein Ziel los: Als Ehrenmann zum Ehrenmann oder — kurz, Herr Oberstlieutenant, ich habe die Ehre, Sie um die Hand Ihrer Fräulein Tochter zu bitten.

Schwarze
(sitzt still und atmet schwer, das Weinen verbeißend).

Keller.

Pardon, Sie antworten mir nicht ... bin ich vielleicht nicht würdig —?

Schwarze (nach seiner Hand hinübertastend).

Nicht, nicht, nicht — nicht doch, nicht doch! ... Ich bin ein — alter Mann ... Es war ein bißchen viel für mich in diesen letzten Stunden ... Achten Sie nicht auf mich.

Keller.
Hm, hm!

Schwarze
(aufstehend und dabei den Deckel des Pistolenkastens zuklappend).

Geben Sie mir die Hand, mein junger Freund. Sie haben mir schweres Leid zugefügt — schweres Leid zugefügt! — Aber Sie haben es rasch und männlich wieder gut gemacht. Geben Sie mir auch die andre Hand —

so — so! Na, da wollen Sie sie wohl auch sprechen? —
Man wird sich doch so manches zu sagen haben — hä?

Keller.

Ich bitte um die Erlaubnis.

Schwartze

(öffnet die Flurthür und spricht hinaus, öffnet dann die Thür links)
Magda!

Neunte Scene.

Die Vorigen. Magda.

Magda.

Was befiehlst du, Vater?

Schwartze.

Magda, dieser Herr wünscht die Ehre zu — (Da er
die beiden einander gegenübersieht, übermannt ihn die Bitterkeit. Er
wirft zornige Blicke von einem zum andern.)

Magda (besorgt).

Vater!

Schwartze.

Na, es ist ja jetzt alles in Ordnung! — Macht's
nicht zu lang! ... (Mehr zu Magda.) Es ist ja schon alles
in Ordnung.

(Ab.)

Zehnte Scene.

Keller. Magda.

Keller.

Ja, meine teuerste Magda, wer hätte das ahnen können!

Magda.

Also wir werden uns heiraten.

Keller.

Vor allen Dingen möchte ich in Ihnen den Verdacht nicht aufkommen lassen, als ob Absicht oder Ungeschicklichkeit meinerseits diese Wendung herbeigeführt hätte, die ich ja glücklich preise, die jedoch —

Magda.

Ich mache Ihnen ja keinen Vorwurf!

Keller.

Nun, dazu wäre ja auch kein Grund.

Magda.

Durchaus nicht.

Keller.

Lassen Sie mich Ihnen vor allen Dingen ferner sagen, daß es die ganze Zeit über mein innigster Wunsch gewesen ist, es möchte eine Fügung des Himmels uns wieder zusammenführen.

Magda.

Sie haben wohl auch nie aufgehört, mich zu lieben?

Keller.

Nun, das könnte ich als ehrlicher Mann und ohne
Uebertreibung nicht gerade behaupten... Aber schon seit
heute früh ist ein heiliger und — und freudiger Entschluß
in mir gereift —

Magda.

Verzeihung — eine Frage: Würde dieser heilige und
freudige Entschluß ebenso in Ihnen gereift sein, wenn ich
in Armut und Schande in meine Heimat zurückgekommen
wäre?

Keller.

Erlauben Sie mal, teuerste Magda: ich bin weder
ein Streber noch ein Mitgiftjäger, aber ich muß doch
wissen, was ich mir und meiner Stellung schuldig bin.
Es wäre andernfalls eben gar keine soziale Möglich=
keit gewesen, unsre dereinstigen Beziehungen zu legitimieren.

Magda.

Ich muß mich also glücklich preisen, zehn Jahre lang
unbewußt auf dieses hohe Ziel hingearbeitet zu haben.

Keller.

Ich weiß nicht, ob ich zu feinfühlig bin. Aber das
klingt beinahe wie Ironie. Und ich glaube nicht, daß—e —

Magda.

Daß sich das noch für mich geziemt?

Keller (abwehrend).

Ah!

Magda.

Ich muß Sie um Nachsicht bitten. Die Rolle des duldenden und geduldeten Weibes ist noch neu für mich. Reden wir also von der Zukunft (setzt sich und bietet Platz an) — — von unsrer Zukunft. — Wie denken Sie sich das, was kommt?

Keller.

Nun, Sie wissen, meine teuerste Magda, ich trage mich mit größeren Plänen. Dieses Provinznest ist nichts für meine Thatkraft ... Zumal ich nun die Pflicht habe, auch Ihnen einen Boden zu schaffen, der Ihrer gesellschaftlichen Gaben würdig wäre! Daß Sie der Bühne und dem Konzertsaal entsagen — nun, das versteht sich ja von selbst.

Magda.

So — versteht sich das von selbst?

Keller.

Aber ich bitte Sie. Sie kennen die Verhältnisse nicht ... Das wäre ein Hemmschuh für mich — ah! Ebenso gut könnte ich da auf der Stelle den Dienst quittieren.

Magda.

Und wenn Sie das thäten?

Keller.

Das kann doch nicht Ihr Ernst sein? Ein arbeitender und strebsamer Mensch, der eine hervorragende Laufbahn

vor sich sieht, der soll Amt und Würde von sich werfen
und als Mann seiner Frau herumvagi — als Mann
seiner Frau leben? Soll ich Ihnen die Notenblätter um=
wenden oder vielleicht Ihre Kasse führen? Nein, meine
teuerste Freundin, da unterschätzen Sie mich und die Stel=
lung, die ich im Leben einnehme. Aber sei'n Sie ganz
unbesorgt. Sie werden nichts zu bereuen haben ... Ich
habe ja allen Respekt vor Ihren bisherigen Triumphen,
aber — (fein) die höchsten Preise, nach denen frauenhafte
Eitelkeit wohl ringen mag, werden ja doch nur im Salon
verteilt.

Magda (für sich).

Mein Gott, was ich da thu', das ist ja alles Wahnsinn.

Keller.

Was sagten Sie?

Magda (schüttelt den Kopf).

Keller.

Und im übrigen, sehn Sie: das Weib, das ideale
Weib, wie die moderne Zeit es sich ausmalt, soll ja die
Gefährtin, die treue, hingebende Helferin ihres Mannes
sein ... Ich denke mir zum Beispiel: Sie werden durch
Ihre persönliche Hoheit, durch den Zauber Ihres Gesanges
meine Feinde besiegen und meine Freunde — nun, die
werden Sie eben noch enger an mich ketten. Und dann,
denk' ich, wir werden eine Gastlichkeit im großen Stile
führen. Unser Haus soll der Mittelpunkt aller der distin=
guierten Elemente sein, welche gewillt sind, die streng=

graziösen Sitten unsrer Vorfahren zu pflegen. Graziös
und streng, das scheint ein gewisser Widerspruch, ist es
aber nicht.

Magda.

Sie vergessen, mein Freund, daß das Kind, um
dessenwillen diese Verbindung geschlossen wird, die Streng=
gesinnten von uns fernhalten wird.

Keller.

Ja — das — — Ich gebe zu, teuerste Magda, es
wird Ihnen schmerzlich sein, aber dieses Kind muß selbst=
verständlich zwischen uns tiefstes Geheimnis bleiben. Nie=
mand darf ahnen —

Magda (entsetzt und ungläubig).

Was, was sagen Sie da?

Keller.

Wir wären in — jeder — Beziehung vernichtet!
Nein, nein, es ist absurd, auch nur daran zu denken! —
Aber — e, wir können ja jedes Jahr eine kleine Reise
dorthin machen, wo wir es aufziehen lassen — Man schreibt
einen x=beliebigen Namen ins Fremdenbuch; das fällt im
Auslande nicht auf, und ist (nachdenklich) wohl auch kaum
strafbar ... Und wenn wir fünfzig Jahre alt sind und
die andern gesetzlichen Bedingungen wären erfüllt —
(lächelnd) das läßt sich ja wohl einrichten, nicht wahr? —
dann könnten wir es ja unter irgend einem Vorwande
adoptieren — nicht wahr?

Magda

(bricht in ein gellendes Lachen aus, dann die Hände faltend und vor sich hinstarrend).

Mein Süßes! Mein Kleines! Mio bambino! Mio pove — ro — bam — dich — dich — soll ich — haha=hahaha — Hinaus, hinaus! (Will die Flügelthür öffnen.) Hinaus!

Elfte Scene.

Die Vorigen. Schwartze.

Schwartze.

Was —

Magda.

Gut, da bist du! Befreie mich von diesem Menschen. Schaff mir den Menschen vom Halse.

Schwartze.

Was?

Magda.

Ich habe alles gethan, was ihr verlangtet. Ich habe mich gebückt und verleugnet ... Ich hab' mich auf die Schlachtbank ziehn lassen wie ein Opfertier ... Aber mein Kind verlaß ich nicht ... Damit seine Carriere keinen Schaden nimmt, kann ich doch mein Kind nicht verlassen? Wirft sich in einen Sessel.)

Schwartze.

Herr von Keller, wollen Sie mir —

Keller.

Sie sehn mich untröstlich, Herr Oberstlieutenant! Aber es scheint, die Bedingungen, die ich im beiderseitigen Interesse stellen mußte, finden nicht den Beifall —

Schwartze.

Meine Tochter ist nicht mehr in der Lage, sich die Bedingungen auszusuchen, unter denen sie — — — Herr von Keller, ich bitte Sie um Verzeihung für den Auftritt, dem Sie soeben ausgesetzt waren ... Erwarten Sie mich in Ihrer Wohnung. Ich werde Ihnen die Einwilligung meiner Tochter selbst überbringen. Dafür verpfände ich Ihnen hier mein Ehrenwort!

(Bewegung. Magda richtet sich jäh empor.)

Keller.

Haben Sie bedacht — was — e — —?

Schwartze (Keller die Hand reichend).

Ich danke Ihnen, Herr von Keller.

Keller.

Bitte sehr. Ich habe nur meine Pflicht gethan.

(Mit Verbeugung ab.)

Zwölfte Scene.

Magda. Schwartze.

Magda (sich reckend).

So! Jetzt bin ich wieder die Alte.

Schwartze

(mißt sie eine Weile und verschließt schweigend die drei Thüren).

Magda.

Glaubst du, Vater, ich werde gefügiger werden, wenn du mich einsperrst?

Schwartze.

So! Jetzt sind wir allein. Es sieht uns keiner wie der da! Und der soll uns sehn ... Geh nicht immer herum ... Wir haben miteinander zu reden, mein Kind.

Magda (setzt sich).

Gut! — Es wird jetzt wohl klar werden zwischen der Heimat und mir.

Schwartze.

Das wirst du mir doch zugeben, daß ich jetzt ganz ruhig bin?

Magda.

Gewiß.

Schwartze.

Ganz ruhig, nicht wahr? — Es zittert nicht einmal der Arm. Was geschehn ist, das ist geschehn. Aber ich habe soeben deinem Verlobten —

Magda.

Meinem Verlobten? — Lieber Vater!

Schwartze.

Ja, ich habe deinem Verlobten mein Ehrenwort gegeben. Und so was muß gehalten werden, das siehst du doch ein?

Magda.

Ja, wenn das nun aber nicht in beiner Macht steht, lieber Vater?

Schwartze.

Dann muß ich bran sterben ... dann muß ich eben — bran sterben ... man kann boch nicht länger leben, wenn man ... Du bist boch Offizierstochter. Das ist dir boch klar?

Magda (mitleibig).

Lieber Gott!

Schwartze.

Aber vor dem Tode muß ich boch mein Haus be= stellen, nicht wahr? Sag mal, meine Tochter, etwas Heiliges hat boch jeber. Was ist bir wohl so recht im Innersten heilig auf ber Welt?

Magda.

Meine Kunst!

Schwartze.

Nein, bas ist nicht genug. Es muß heiliger sein.

Magda.

Mein Kinb.

Schwartze.

Gut. Dein Kind ... Dein Kind ... bas hast bu boch lieb? (Magda nidt.) Unb bas würbest bu gern wieber= sehn? (Magda nidt.) Unb — e, ja — wenn bu einen Schwur ablegtest beim — auf seinem Haupte (macht eine Bewegung, als lege er bie Hand auf ein Kinbeshaupt), bann würbest bu nicht falsch schwören?

Magba (verneint lächelnd).

Schwartze.

Na, das ist gut! (Aufstehend.) Entweder du schwörst
mir jetzt bei seinem Haupte, daß du die ehrbare Frau
seines Vaters werden willst, oder — keiner von uns
beiden geht lebendig aus diesem Zimmer! (Sinkt in den
Sessel zurück.)

Magba (nach kurzem Schweigen).

Mein armer alter Papa! Was quälst du dich? Und
glaubst du, daß ich mich bei verschlossenen Thüren gut=
willig werde von dir niedermachen lassen? ... Das kannst
du nicht verlangen.

Schwartze.

Du wirst ja sehn.

Magba (in wachsender Erregung).

Ja, was wollt ihr eigentlich von mir? Warum
klammert ihr euch an mich? ... Ich hätte fast gesagt:
Was geht ihr mich an?

Schwartze.

Das wirst du ja sehn!

Magba.

Ihr werft mir vor, daß ich mich verschenkte nach
meiner Art, ohne euch und die ganze Familie um Erlaub=
nis zu fragen. Und warum denn nicht? War ich nicht
familienlos? Hattest du mich nicht in die Fremde geschickt,
mir mein Brot zu verdienen, und mich noch verstoßen

hinterher, weil die Art, wie ich's verdiente, nicht nach
deinem Geschmacke war? ... Wen belog ich? An wem
sündigte ich? ... Ja, wär' ich eine Haustochter geblieben
wie Marie, die nichts ist und nichts kann ohne das Schutz-
dach irgend einer Heimat, die aus den Händen des Vaters
schlankweg in die des Mannes übergeht — die von der
Familie alles empfängt: Brot, Ideen, Charakter und was
weiß ich? ... Ja, dann hättest du recht. In der ver-
birbt durch den kleinsten Fehltritt alles — Gewissen, Ehr-
gefühl, Selbstachtung ... Aber ich? ... Sieh mich doch
an. Ich war eine freie Katze ... Ich gehörte längst zu
jener Kategorie von Geschöpfen, die sich schutzlos wie nur
ein Mann und auf ihrer Hände Arbeit angewiesen in der
Welt herumstoßen ... Wenn ihr uns aber das Recht
aufs Hungern gebt — und ich habe gehungert —, warum
versagt ihr uns das Recht auf Liebe, wie wir sie haben
können, und das Recht auf Glück, wie wir es verstehn?

Schwarze.

Du glaubst wohl, mein Kind, weil du unabhängig
und eine große Künstlerin bist, dich hinwegsetzen zu dürfen
über —

Magda.

Die Künstlerin laß aus dem Spiel! Ich will nichts
mehr sein als irgend eine Nähterin oder Dienstmagd, die
sich ihr bißchen Brot und ihr bißchen Liebe notdürftig bei
fremden Leuten zusammensucht. — O, man weiß ja, was
die Familie mit ihrer Moral von uns verlangt ... Im
Stich gelassen hat sie uns, Schutz und Freuden gibt sie
uns keine, und trotzdem sollen wir in unserer Einsamkeit

nach den Gesetzen leben, die nur für sie Sinn haben ...
Wir sollen still in den Winkeln hocken und da hübsch
sittsam warten, bis irgend ein braver Freiersmann daher=
kommt ... Ja, bis! Und derweilen verzehrt uns der
Kampf ums Dasein Seele und Leib. — Vor uns liegt
nichts wie Verwelken und Verbittern, und wir sollen nicht
einmal wagen dürfen, das, was wir noch haben an Jugend
und überquellender Kraft, dem Manne hinzugeben, nach
dem unser Wesen schreit? — — — Knebelt uns meinet=
wegen, verdummt uns, sperrt uns in Harems und in
Nonnenklöster — und das wäre vielleicht noch das beste!
— Aber wenn ihr uns die Freiheit gebt, so wundert
euch nicht, wenn wir uns ihrer bedienen.

Schwartze.

Ah, das ist er! Das ist der Geist der Empörung,
der jetzt durch die Welt geht! Mein Kind — mein liebes
Kind, sag mir, daß das nicht dein Ernst war — daß du,
daß du — erbarm dich — wenn — (nach dem Pistolen=
kasten schielend). Ich weiß nicht, was sonst geschieht ...
Kind! Erbarm dich meiner!

Magda.

Vater, Vater, sei still, das ertrag' ich nicht.

Schwartze.

Ich thu's auch nicht ... Ich kann's auch nicht ...
(Nach dem Pistolenkasten hin.) Thu das weg! thu das weg!

Magda.

Was, Vater?

Schwartze.

Nichts, nichts, nichts. — Ich frag' dich zum letzten=
male —

Magda.

Also du bestehst darauf!

Schwartze.

Mein Kind, ich warn' dich! Du weißt, daß ich
nicht anders kann.

Magda.

Ja, Vater, du läßt mir keine Wahl. Gut denn ...
Und weißt du, ob du mich jenem Manne noch auf den
Hals laden darfst? ... (Schwartze horcht auf.) Ob ich nach
eurer Auffassung seiner überhaupt noch würdig bin?
(Zögernd, in die Weite starrend.) Ich meine, ob er in meinem
Leben der Einzige war?

Schwartze
(tastet nach dem Kasten und zieht eine Pistole hervor).

Du Dirne! (Er macht etliche Schritte auf sie zu, indem
er versucht, die Waffe gegen sie zu erheben. In demselben Augen=
blicke noch fällt er jäh in den Sessel zurück, wo er regungslos mit
starrem Auge sitzen bleibt, die Pistole in der herabhängenden Hand
haltend.)

Magda (schreit gellend auf).

Vater! (und flieht gegen den Ofen, um sich vor der Waffe
zu schützen, dann geht sie, die Hände vors Gesicht schlagend, etliche
Schritte weit auf und nieder) Vater! (und sinkt mit dem Knie
auf einen Sessel, das Gesicht an der Lehne verbergend).

(Draußen Rufe und Poltern. Die Thür wird erbrochen.)

Dreizehnte Scene.

Die Vorigen. Der Pfarrer. Max. Frau Schwartze. Marie.

Frau Schwartze.

Leopold, was hast du? — Leopold! (Zum Pfarrer.) Jesus, er ist wie damals!

Marie.

Lieber Papa, sprich ein Wort! (Wirft sich rechts von ihm nieder.)

Pfarrer.

Laufen Sie zum Arzte, Max.

Max.

Ist es ein Anfall?

Pfarrer.

Es scheint! —

(Max ab.)

Pfarrer (leiser zu Magda).

Kommen Sie zu ihm! (Da sie zögert.) Kommen Sie. Es scheint zu Ende. (Führt sie, die schmerzvoll aufzuckt, zum Stuhle Schwartzes.)

Frau Schwartze
(die versucht hat, die Pistole zu lösen).

Laß los, Leopoldchen! Was willst du damit? — Sehn Sie nur, da hält er die Pistole und läßt sie nicht los.

Pfarrer (leise).

Es ist wohl der Krampf. Er kann nicht ... Mein lieber alter Freund, verstehn Sie, was ich zu Ihnen spreche?

Schwartze (neigt ein wenig den Kopf).

Magda (sinkt zu seiner linken Seite nieder).

Pfarrer.

Gott, der Allbarmherzige, hat Ihnen von oben zuge= rufen: du sollst nicht richten ... Haben Sie kein Zeichen der Vergebung für sie?

Schwartze (schüttelt langsam den Kopf).

Marie (neben Magda niedersinkend).

Papa, gib ihr deinen Segen, lieber Papa!

Schwartze

(Gesicht überzieht ein verklärendes Lächeln. Die Pistole entfällt seinen Fingern. Er erhebt mühsam die Hand, sie auf Mariens Haupt zu legen. Mitten in dieser Bewegung geht durch seinen Körper ein Ruck ... Sein Arm fällt zurück. Sein Kopf sinkt nach vorne über).

Frau Schwartze (aufschreiend).

Leopold!

Pfarrer (ihre Hand erfassend).

Er ist heimgegangen ... (Er faltet die Hände. Stilles Gebet, unterbrochen von dem Schluchzen der Frauen.)

Magda

(aufspringend und in Verzweiflung die Hände emporstreckend).

Ach, wär' ich nie gekommen!

Pfarrer

(macht eine abwehrende Bewegung, die ihr Stille gebietet).

Magda (diese Bewegung mißverstehend).

Ihr jagt mich wohl schon hinaus? ... Ich hab' ihn in den Tod getrieben — ich werd' ihn doch wohl auch begraben dürfen?

Pfarrer (einfach und friedlich).

Es wird Ihnen niemand verwehren, an seinem Sarge zu beten!

(Der Vorhang fällt langsam.)